박완서의 말

박완서의 말

소박한 개인주의자의 인터뷰

박완서

마음산책

박완서의 말

소박한 개인주의자의 인터뷰

1판 1쇄 발행 2018년 7월 25일
1판 14쇄 발행 2023년 5월   5일

지은이 | 박완서
펴낸이 | 정은숙
펴낸곳 | 마음산책

등록 | 2000년 7월 28일(제2000-000237호)
주소 | (우 04043) 서울시 마포구 잔다리로3안길 20
전화 | 대표 362-1452 편집 362-1451   팩스 | 362-1455
홈페이지 | www.maumsan.com
블로그 | blog.naver.com/maumsanchaek
트위터 | twitter.com/maumsanchaek
페이스북 | facebook.com/maumsan
인스타그램 | instagram.com/maumsanchaek
전자우편 | maum@maumsan.com

ISBN 978-89-6090-539-9 03810

* 책값은 뒤표지에 있습니다.

내가 한마디로 표현할 수 있으면

소설을 결코 쓰지 않겠죠.

■ 일러두기

1. 이 책은 박완서 작가의 인터뷰 중 책으로 엮이지 않았던 것들을 호원숙 작가가 엮은 것이다. 호원숙은 박완서 작가의 맏딸로 〈뿌리깊은 나무〉 편집기자로 일했고 2011년 어머니가 돌아가신 뒤에는 아치울에 머물며 『박완서 소설 전집』 『박완서 단편소설 전집』 『나목을 말하다』 『박완서 산문 전집』 등의 기획에 관여했다. 지은 책으로 『그리운 곳이 생겼다』 『큰 나무 사이로 걸어가니 내 키가 커졌다』 『엄마는 아직도 여전히』가 있다. 현재 경운박물관 운영위원을 맡고 있다.
2. 본문은 국립국어원의 한글 맞춤법 규정을 따르되 저자의 말투와 표현은 규정과 다르거나 비문이어도 되도록 입말을 살렸다.
3. 「작품 목록」은 서울대학교출판문화원의 『박완서―문학의 뿌리를 말하다』(2011)를 참조했다. 작가 사후에 엮거나 개정한 책, 공저와 대부분의 재출간된 책은 제외했다.
4. 영화명, 프로그램명, 곡명, 미술품명, 잡지와 신문 등의 매체명은 〈 〉로, 장편소설과 무크, 기타 책 제목은 『 』로, 중·단편소설과 논문 제목, 기타 편명은 「 」로 묶었다.

어머니의 개인주의로부터

호원숙

어머니가 세상을 떠나신 지 꽤 시간이 지났는데도 그리워지는 마음이 사라지지 않았습니다.

그러면서도 어머니의 책을 펼치면 살아 계실 때와는 또 다른 의미로 다가와서 생생한 목소리로 들릴 때가 있었습니다.

여기 엮은 인터뷰 기록들은 어머니 서재의 깊은 서랍 속에 있던 것들입니다.

어머니가 손수 스크랩하여 모아놓으신 것들입니다.

그중에서 한 번도 출판되지 않은 것을 엮은 것입니다. 의도한 것은 아니지만 1990년대에 있었던 대담록의 모음입니다.

"편안한가 하면 날카롭고
까다로운가 하면 따뜻하며

평범한가 하면 그 깊이를 헤아리기 어려운 작가"라고,
어머니를 표현한 인터뷰어인 고정희 시인의 말입니다.

딸인 저에게도 어머니는 그런 존재였습니다. 넘나들 수 없는 거리
감으로 어머니가 멀게 느껴졌습니다.

때로는 차갑게 느껴졌던 그 거리감이 어머니만의 개인주의였다는
깨달음이 오면서 오히려 감사하게 느껴집니다.

어머니의 평소 습관 중 제가 좋아하는 것이 있습니다. 편지봉투를
뜯을 때나 신문이나 잡지에서 갈무리해둘 것을 스크랩할 때 곱게 자
르지 않고 마구 뜯어버리십니다.

그래서 모아놓은 편지 뭉치엔 봉투는 하나같이 마구 뜯은 자국이
보입니다. 가끔 보내는 사람의 주소가 잘려 나간 것도 있지만 그 안
의 편지는 고이 들어 있습니다. 멋진 페이퍼나이프가 여러 개 있었
는데도 성급하게 봉투를 무뜯는 모습을 기억할 때마다 저는 저절로
웃음이 납니다.

그 흔적들에서 어머니만의 자유로운 손길을 느끼고 명랑하고 따
뜻한 마음이 솟게 합니다.

어린 시절을 기억하며 "상대방의 자유를 충분히 인정하고 그 어떤
것도 사랑으로 전부 감싸주는 그런 묘한 공기가 안에 흐르고 있었
다"라는 어머니의 말이 소중하여 거듭 읽어봅니다.

1980년대 중반 맏딸 호원숙 그리고 외손자들과

어머니는 문학을 통해 시대와 사회를 고민하고 갈등했지만 희망의 끈을 놓지 않으셨습니다.

"편견과 고정관념이 무너질 때가 이미 지났는데도 말입니다. 그러나 변화의 길을 늦춰서는 안 되겠지요."

어머니의 눈은 항상 미래를 향하고 있었고 고정관념이나 잘못된 생각들은 바뀌어야 된다는 희망을 갖고 있었습니다. 설교하려고 하지 않은 것은 설교받는 것을 싫어하셨기 때문입니다. 그래서 까마득하게 어린 세대에게도 교훈을 준다거나 설교하려고 하지 않으셨습니다.

개인의 영역을 중요시하여
누구의 편에도 치우치지 않고 공정함을 유지했습니다.

일관되게 흐르는 결이 있는데 그걸 어머니 자신이라고 할 수밖에 없습니다.

그것이 나에게 희망이 되고 용기가 됩니다.

"내가 중하니까 남도 중하다"라고 하신 어머니의 말은 살아갈 기운을 줍니다.

엄마의 개인주의가 나에게 특별한 기운을 줍니다.

어머니의 명랑함이 그리워지면 "인생에 귀하고 좋은 게 얼마나 차고 넘치는지" 하시던 말을 다시 펼쳐봅니다.

출판을 흔쾌히 허락해주신 인터뷰어님들께 깊은 감사를 드립니다.

고인이 되신 고정희 시인과 피천득 선생님께 특별한 감사와 존경을 보내드립니다.

책이 되어 나오기까지 수고해주신 오랜 인연의 마음산책 출판사 젊은 편집진께 다정한 감사를 드립니다.

2018년 7월 무더운 날

아치울 집에서

1982년, 『나목』 초고를 다시 꺼내어 읽으며

차 례

내게 있어 영감이란 항상
제 나름의 그물을 치고 있는데,
거기에 걸려드는 부분이 경험과 만날 때
어떤 영감을 부여한다고 할까요.

다시 살아 있는 날

소설 읽는 재미가 어떤 것인가를 종횡무진한 화술과 언변으로 칼질하고 소설을 통해 어떻게 삶의 질을 이야기할 수 있는가를 뿌리 밑동까지 뽑아 보여주는 작가 박완서는 70년대 소설 문학의 한 정점이며 축복이다. "대중적인 것은 질이 낮다"라거나 "질이 높은 것은 대중적일 수 없다"라는 문학적 권위주의를 가차 없이 흔들어버린 박완서의 문학적 힘은 어디에 기인한 것일까. 5남매의 평범한 어머니이고 한 남자의 아내이며 보통의 딸이었던 그가 돌연, 사십 대 문턱에서 작가로 등단하여 열아홉 해 동안 스무 권에 가까운 작품집을 내놓을 때마다 불티나는 인기와 깊은 사랑을 독차지할 수 있었던 작가적 비밀은

이 인터뷰는 〈한국문학〉 1990년 1월 호에 실렸다. 인터뷰어인 시인 고정희는 1975년 〈현대문학〉에 「연가」 「부활과 그 이후」를 발표하며 등단했다. 〈여성신문〉의 초대 편집주간을 지냈고 '또 하나의 문화' 동인으로서 여성 문화 운동을 이끄는 등 사회 활동에서도 두드러진 발자국을 남겼다. 1991년 지리산에서 사고로 고인이 되었다. 지은 책으로 「누가 홀로 술틀을 밟고 있는가」 「실락원 기행」 「초혼제」 「지리산의 봄」 등이 있다.

무엇일까.

편안한가 하면 날카롭고 까다로운가 하면 따뜻하며 평범한가 하면 그 깊이를 헤아리기 어려운 작가가 박완서다. 그가 내놓은 소설 한 편 한 편을 빠짐없이 읽는다는 광주의 ㄱ 시인은 "박완서의 소설은 여름날 울창한 계곡에서 구르는 폭포수처럼 시원하고 힘차다"라고 하였고 여성학자 모 씨는 "박완서야말로 우리 시대에 팽배한 남성지배적 허위의식과 자기도취를 예리한 필봉으로 벗겨내는 천의무봉의 작가다"라고 말했다.

하여튼 박완서는 세대를 초월한 두껍고 깊은 독자층을 가진 작가이며 글 읽는 즐거움과 의미를 되살려주는 작가가 틀림없다. 그런 그가 지난해1988년 자신의 사지 같은 소중한 사람들, 아니 자신이 가장 사랑하는 남편과 아들을 한꺼번에 여의는 슬픔을 당했을 때 많은 독자들은 그의 앞으로의 문학적 향방에 대해 크게 걱정했다. 혹자는 절필하면 어쩌나 걱정했고 또 다른 이는 오히려 그 상처의 에너지로 지금과는 또 다른 문학적 세계를 문학에 담아낼 것이라고 낙관했다.

그러나 박완서는 침묵 6개월 만에 다시 재기의 필을 들고 독자에게 돌아왔다. 세 식구(남편, 아들)가 오손도손 이쁜 행복을 서로 덮어주며 밥상에 둘러앉았던 방이동 대림아파트엔 이제 그 혼자 남아 동트는 새벽과 석양빛을 지켜보고 있다. 이 엄청난 변화를 의연히 받아들여 원고지 위에 용해해내는 박완서의 가슴엔 무슨 빛깔의 불꽃이 타오르고 있는 것일까? 이게 박완서를 아끼는 독자들의 궁금증이 아닐까.

내가 그의 집을 방문하던 날도 초겨울의 햇빛이 밝고 부드럽게 거실

유리창에 어른대고 있었다. 그가 물을 끓이는 동안 나는 새로 도배된 집 안 여기저기를 기웃거려보았다. 생전에 아들이 쓰던 현관 왼쪽 방은 책장과 책상, 전자 타이프라이터, 아들의 졸업 사진이 그대로 보존되어 있고 안쪽 마주 보는 안방과 서재엔 그가 언제라도 눕거나 앉아 글을 쓰고 있다는 체취가 역력했다. 거실엔 그가 유독 아끼는 화가 김점선의 그림 두어 점과 조각가 최효주의 〈신인간〉 세 점이 망연히 앉아 있다.

고정희   선생님, 이 〈신인간〉은…….

박완서   아아, 그건 남편과 아들과 나예요. 그 전엔 셋이 함께 앉아 있었는데, 지금은 아들과 남편을 올려놓고 나는 땅에 앉아 있는 거예요.(웃음) 그리고 저 도자기들은 모두 미국에 살고 있는 딸아이가 도자기 전공할 때 연습 삼아 이것저것 만들어다 늘어놓은 것이구요.

고정희   도자기에 문외한인 저는 무척 근사해 보이는데요?

박완서   나름대로 실패작들이라우! 딸아이가 도자기 구우러 다닐 때부터 나도 깨닫게 되었는데, 왜 도공이 특별했는지를 이해할 것 같아요. 흙을 고르고 짓이기는 것에서부터 말하자면 장정 같은 힘과 고도의 예술적 안목, 그리고 가마에 구울 때의 천은에 가까운 불의 조화가 맞아떨어져야 하니, 완성품이란 도공들의 이상이자 환상에 가까운 것이다 싶더라구요.

"사람에겐 감정적 독립이
가장 어려운 게 아닌가 하는 것이
내가 불행을 겪고 난 뒤의 생각입니다"

고정희   1년 전에 제가 부산의 따님댁으로 가서 뵈었을 때의 기억이 새로워지는군요. 그때 선생님은 이 세상의 그 무엇으로도 치유할 수 없는 내상을 입으신 것처럼 느껴졌는데, 오늘은 완전히 평온을 되찾은 듯한 모습을 뵈니 저 또한 즐겁습니다. 혹여 상처를 건드리는 일은 아닌가 걱정되면서도 사실상 독자들이 무척 궁금해하는 것 중의 하나가 지난해 그토록 고통스러운 불운을 겪으신 선생님이 요즘은 어떻게 살고 계시나 하는 점입니다.

박완서   한마디로 사람에겐 감정적 독립이 가장 어려운 게 아닌가 하는 것이 내가 지난해 불행을 겪고 난 뒤의 생각입니다. 흔히들 사람이 혼자 서기 위해서는 경제적 독립이 우선이라 하고 또 경제적 독립과 감정적 독립이 병행돼야 한다고들 말하지요. 나도 그러려니 했는데, 그게 아니라는 걸 이제야 깨닫게 된 거지요. 물론 소설가가 돼서 처음으로 내 능력이 돈으로 환산될 수 있다는 것을 알았고, 내놓는 책보다 세칭 베스트셀러는 아니지만 20판에서 30판 꾸준하게 팔리고 있어 결코 적은 수입이라고는 할 수 없겠지요. 그런데 의외로 내가 감정적으로 독립하기 어려운 사람이라는 것이 사랑하는 이들을 떠나보내고야 깨달은 점입니다. 이런 내 심사를 헤아린 탓인지 사위들은 아들 못지않게 잘해주는 편이고 딸들도 함께 살자 극성이지만, 그럴 수는 없다 하는 데에는 내 나름의 이유가 있어요.

이런 말을 해서는 안 되지만 시어머니와 30년 남짓 붙어살면서 친불親不을 떠나서 웃어른을 모신다는 게 숨이 막힐 때가 있더군요. 막상 돌아가시고 나니 무거운 짐을 머리에 이고 가다가 내려놨을 때의 붕 뜨는 기분을 느꼈어요. 그래서 이 핑계 저 핑계 대고 이 기회에 아예 나도 혼자 서는 삶을 한번 살아보자 했지만 지금도 완전히 독립했다고 보기는 어렵지요. 딸아이가 바로 국이 식지 않을 거리에 이사 와 있거든요. 그러니까 점심과 저녁은 딸의 집에서 들고 있고, 이 집은 작가들이 흔히 쓰는 '집필실'인 셈이지요.

물론 의존적인 내 성미에 대해 반성을 안 하는 건 아니에요. 지금 홀로 서지 못하면 영원히 홀로 서지 못할 것 아니냐는 강박관념도 있고 해서, 앞으로 10여 년 동안 몸에 지장이 없는 한 경제적으로 육체적으로나 감정적으로 자립하

1953년 결혼 직후 시어머니와 충신동 한옥에서

는 삶을 살아보려고 마음을 다지고 있는 것은 사실입니다.

고정희 감정적 독립이 경제적 독립보다 어려운 이유가 어디에 있
다고 보시는지요? 흔히들 한국 남성은 경제적으로 독립되
어 있으나 죽을 때까지 감정적 의존성에서 벗어나지 못한
다 하고, 여성들의 경우는 감정적으로는 독립할 수 있으나
경제적 예속을 벗어날 수 없다고들 하는데요…….

박완서 내 경우는 대가족을 이끄는 주부였을 때에도 감정적으로
의존적이었던 것 같아요. 적어도 나는 딱 잡혀 있는 주부라
고 생각했는데 그게 아니라는 것을 이제야 깨닫게 된 것은
그동안의 내 삶이 그만큼 응석을 부리며 살아도 되는 환경
이었다는 것이 아니겠어요.
모든 식구들이 소리 안 나게 나를 도와주고 자유롭게 해준
것이 결국 나로 하여금 넋을 놓게 한 거죠. 예를 들면 내가
가장 싫어하는 일, 즉 동洞에 가서 주민등록증을 뗀다거나
세무서에 가서 세금을 낸다거나 하는 일은 모두 남편 몫이
었거든요. 이제는 내가 하지 않으면 안 되니까, 동사무소에
갔다가도 이런 일쯤으로 가슴이 울먹거린다든가 하는 유아
기적인 자기 설움이 무척 싫어요. 따지고 보면 남에게 의지
하려고 하는 자기 응석도 일종의 자기과시가 아닌가 하는
반성을 해봅니다.

고정희 보통 사람들은 대개 일생에서 중요한 고통을 겪고 나서 인생의 진실과 본질에 가까이 다가가는 고백을 하게 되지요. 그런데 선생님은 아드님을 잃고 나서 신은 여자보다 남자를 우월하게 창조하지 않았나 하는 의문을 갖게 됐다고 부산의 만남에서 얘기하셨는데, 지금은 의문이 풀리셨는지요?

박완서 아닙니다. 지금은 그 의문과 싸우는 것이 나의 고통입니다. 이건 너무너무 내밀한 생각이지만, 딸 중의 하나를 잃었을 때 과연 이렇게 절망스러울 수가 있을까 의심스러워요. 딸들이 그토록 소중하고 잘해주지만 이런 생각을 하는 거예요. 그 애 사진첩을 들여다본다든지 생전의 모습을 더듬는다든지 하면 그 애가 완전히 살아 있다는 감정이 들다가도, 그러나 그가 존재하지 않는다는 현실을 의식하게 되면 정말 견디기 어려운 통증이 와요. 예리한 칼로 가슴을 각뜨는 기분이랄까, 완전히 세상을 상실한 좌절감에 빠지는 거예요. 그 애가 내 인생의 전부였구나, 그런데 나는 그것을 잃었다…… 이 당혹감은 언어로 표현할 수 있는 영역이 아닙니다.
다른 한편으로, 왜 내가 이토록 아들의 죽음에 이끌려 다니는가 따져보곤 해요.

고정희 　그렇게 딸보다 아들이 더 소중하다는 결론에 이르신 건가요?

박완서 　그렇게 잡아뗄 수 없는 미묘함이 있어요. 그건 아마 아들과 내가 유명을 달리한 시기가 너무 잔혹한 시기였기 때문이 아닌가 싶어요. 그 애가 나를 떠난 시기가 너무 어리지도 않았고 모든 교육이 끝난 상태인 데다가 장래에 대해서도 아직 고정된 모형을 갖지 않았으며 내 일상생활에서 떨어져나가지도 않은 시기였거든요. 그래서 그의 장래에 대하여 온갖 꿈을 꾸던 시기였고 또 내 남은 삶을 그에게 기대고 있었다고 할까요. 이런 시기에 그가 내 곁에서 떠났다고 하는 것은 굉장히 잔혹한 시기였다…… 이렇게 말할 수밖에 없어요.

"내 보기에 '사람의 몫'을 제대로 하는
정신적 전성기는 되레 후퇴한 기분이에요"

고정희 　겉도는 얘기 같지만, 죽음이란 어차피 인간에게 주어진 운명이고 조금 먼저 죽느냐 나중 죽느냐의 차이가 아닐까요. 오히려 혈육의 죽음을 통해서 삶과 죽음에 대한 인생관에 어떤 변화를 가져오시지는 않았나 궁금하군요.

박완서 그런 말이 되레 내게는 싫어요. 내가 삶과 죽음을 깨치는 데 왜 그 애가 희생되어야 해요? 더구나 그 애는 아직 그의 생을 살지도 않았고 죄도 없는데 말예요. 그것보다는 내 나름의 종교관의 변화라고 할까 그런 게 있다면, 이 사는 것은 헛되고 헛된 거다…… 죽으면 딴 세상이 있겠지…… 하는 것 때문에 교회도 나가고 악착같은 마음도 없어지고 세상 되어가는 꼴에 대해 성급함도 없어지곤 해요. 말하자면 자신의 환상에서 잘 깨어났구나…… 사후의 세계라는 것은 우리의 경험으로 사는 것과 전연 다른 뭐가 있지 않겠는가…… 하여 우리가 꾸는 꿈에 대한 깨달음이 왔다고 할까요. 요즘 과학이 발달하여 사람의 수명이 늘어났다고는 하나 수명만 길면 뭐 해요! 내 보기에 '사람의 몫'을 제대로 하는 정신적 전성기는 전혀 늘어난 것 같지 않고 되레 후퇴한 기분이에요. 삼사십 대 주부들을 보더라도 육체적으로는 어려서 보던 할머니 나이가 됐는데, 판단력도 흐리고 한소리 하고 또 하고 복잡한 살림을 통솔할 능력도 없고 노후한 기간이 너무 길어진 느낌입니다.

고정희 그럼 이제 선생님의 문학 얘기로 들어가볼까요. 제 기억으로는 1970년 말 〈여성동아〉 장편 모집에 당선한 『나목』도 굉장히 신선한 충격과 화제를 불러일으켰지만 그 등단 이후로 지난 20년 동안 추종을 불허하는 인기와 왕성한 창작

1980년대 중반 남편, 아들과 집에서

능력을 줄기차게 발휘해오신 비밀이 무엇인지요? 선생님의
체험인지요, 아니면 축적된 에너지나 습작기가 있었는지요?

박완서 나는 사실 '내가 무엇인가'라는 질문을 스스로에게 자주 합
니다. 1975년에 일지사에서 『부끄러움을 가르칩니다』라는
첫 창작집을 간행한 이후연도를 착각한 것으로 보인다. 정식 출간된 건
1976년이다 스무 권에 가까운 작품집을 냈으니까 평균 1년에
한 권꼴로 작품을 써온 셈인데, 솔직히 말해서 나에게는 축
적된 에너지가 있는 것도 아니고 습작을 많이 한 것도 전
혀 아니고 그렇다고 남다른 파란만장한 체험을 가졌다고
할 수도 없어요. 내 식구들마저 『나목』이 당선되기까지는
글을 쓰는지조차 몰랐으니까요. 단지 어려서부터 남의 작
품을 읽는 것을 가장 큰 즐거움으로 삼았고, 독서하는 버릇
은 지금도 마찬가지예요. 반드시 자기 전에 책을 읽다 잠들
곤 해요. 작품을 많이 읽는다는 것은 작가에게 매우 중요하
다고 봐요. 소설에서의 자기 안목은 독서에서 얻은 것이고,
체험이 작품의 밑받침이 되고, 그리고 원고지 위에 쓰기까
지 충분한 구상이 내 소설 쓰는 태도의 전부이지요.

고정희 그렇지만 제가 받은 인상으로는 『나목』에 담긴 문장력과
소설의 전개는 굉장한 수준의 작품이었다고 확신하는 바이
고 선생님의 장기인 소설적 재미와 통쾌한 풍자는 독서나

첫 창작집 「부끄러움을 가르칩니다」 표지

구상으로만 도달할 수 있는 것이 아니라고 느껴지는데요?

박완서   습작기가 없었던 건 사실이에요.『나목』의 소재도 처음에
소설로 쓰려고 한 것이 아니라 논픽션을 쓰려 했는데 그때
내 양심으로는 모름지기 논픽션은 거짓이 들어가서는 안
된다는 자기 결백증이 있으니까 진짜로 있었던 사실만 가
지고는 글이 안 써지는 거예요. 거짓말을 보탤 바엔 소설로
쓰자 해서 내 이야기가 끼어드니까 소설이 되고 만 겁니다.
그러니까 6·25동란 때 서울대학교엘 다니다가 학업을 중단
하고 화가 박수근 씨와 PX에서 1년 정도 함께 일했는데, 그
사람의 삶과 수난이『나목』의 소재가 된 거지요. 그이가 그
때 얼마나 가난했는데, 죽고 나서 그의 그림값이 매우 비싸
졌다는 얘길 듣고 화가 치민 나머지 분노감마저 들었어요.
소설이란 상상력에 자기 이야기를 보태는 것 아닙니까.

고정희   선생님이 등단하던 시절만 해도 여성 작가가 그리 활발하
지 않았고 또 지면도 많지 않았다 싶어요. 지금은 여성 작
가 전성시대라 불릴 만큼 수많은 후자들이 배출되고 있는
데, 여성 작가이기 때문에 받는 고충이랄까요, 이런 게 있
으셨는지요? 또 오늘의 젊은 여성 작가들을 어떻게 보시는
지요?

박완서　내 개인적으로는 가정적으로나 사회적으로 여성 작가이기 때문에 따르는 고충이란 없었다고 봐요.

　　　내가 〈여성동아〉에 당선됐을 때 그 소식을 알리러 기자들이 와서 이제 바쁘게 될 것이라고 해서 겁이 났는데 원고 청탁이 안 들어왔어요. 그 틈을 타서 원고 청탁 받기 전에 「어떤 나들이」 「세상에서 제일 무거운 틀니」 「부처님 근처」 등 몇 편을 미리 써놨더랬어요.

　　　어느 날 심사위원 중 한 분인 박영준 씨가 전화를 주셨어요. '가화' 다방에서 나는 문단 사람을 처음 만났고 미리 써놓은 단편 몇 편을 보여드린 것, 이것이 아마 유일한 습작이라면 습작이랄까요. 나는 문단이라는 데가 굉장히 신선하고 대단해서 범접하기 어려운 곳으로 알았고, 그 이후 지금까지 누구와 특별한 교류를 맺어본 적도 없고 청탁받으면 우리 딸아이가 모든 원고 심부름을 해왔어요. 솔직히 복받쳐서 쓴 적이 거의 없고, 청탁을 받으면 쓴 글들이지요. 또 원고를 들고 어디 얼굴을 디밀어본 적도 없구요. 아주 진부한 얘기지만 나는 후배들에게 최소한 조급한 작가가 되지 말자, 여성적인 약점에 안주해서는 안 되고 여성이기 이전에 인간으로 서 있어야 한다고 말하고 싶어요.

고정희　흔히 늦게 시작한 작가의 표본으로 선생님이 손에 꼽히는 사실을 아시는지요? 결혼해서 아이 낳고 살림하느라 자아

성취의 기회를 잃어버린 여성들에게 선생님의 '늦되기'가 용기를 주고 있다는 얘기지요. 선생님은 늦게 시작해서 대기만성한 작가라 할까요. 그런데 좋은 의미에서의 작가적 욕망이랄까, 이런 것은 없으셨는지요?

박완서　사실 작가로서 내 꿈이란 1년에 〈현대문학〉 정도에 단편 두어 편 정도 청탁받는 작가가 되는 게 고작이었어요. 물론 첫 번째 단편은 〈월간문학〉 이문구 씨로부터 청탁받았지만 말입니다. 그러니까 별 큰 욕심이 없었지요.

고정희　선생님의 작가적 위치를 확고히 한 작품은 어떤 것이라고 보시는지요?

박완서　아무래도 1976년 〈동아일보〉에 연재한 『휘청거리는 오후』 무렵이 아닐까요. 내 개인적으로야 20년 전이나 지금이나 작품을 구상하고 쓰는 일에는 느슨해본 적이 없어요. 쓰기까지가 항상 고통스럽고, 구상이 끝나면 다시 쓰는 법도 별로 없구요.

고정희　선생님의 작품 구상에는 특별한 습관 같은 것은 없는지요? 구상까지가 그토록 힘들다고 하셨는데, 착상을 하는 데 얻는 힌트라든가 구상을 끝내기까지의 과정을 어떻게 요리하시는지요?

박완서   앞에서도 말했지만 작품을 원고지 위에 써내려가기까지 굉장한 산고를 겪게 돼요. 그러니까 누가 곁에 있어도 안 되고 상이 완전히 익기까지 스스로 들들 볶이는 판인데, 작품은 주로 새벽에 쓰게 됩니다. 구상은 길고 쓰는 기간은 짧다 할 수 있는데, 작품이 익기까지 집 안을 서성대기, 서랍 정리하기, 그리고 옷장이나 집 안의 살림을 정리하고 필요 없는 책 버리기가 새 작품 구상의 습관이 되어버렸어요.
또 내가 단독주택에 살 때는 얼마 안 되는 마당에 잔디를 심고 화초를 심어 잡초 뽑아주고 장독대 만지는 것을 많이 했더랬어요. 그런데 아파트 생활이란 게 이상해요. 이제는 밖에 나가는 게 싫고 방 안에서만 서성이게 돼요. 때로 우리에 갇힌 기분이어서 단독주택으로 갈까 하다가도 관리며 감정적 독립이 가능할까, 이런 망설임 때문에 용기를 못 내고 있어요. 여하튼 감정적으로 독립하기 위해서라도 단독주택으로 가긴 가야겠다 싶어요.

고정희   버리기를 많이 한다고 하셨는데, 그 버리기란 자기 정리로 봐도 될까요?

박완서   그렇게 봐도 상관은 없어요. 내가 단독주택으로 가고 싶어

하는 또 하나의 이유가 이 버리기 버릇과 관계가 있어요.
버려도 관계없는 편지, 초대장, 파지가 된 원고 쓰레기들,
없애야 할 흔적들을 좍좍 찢을 때 마음이 황폐해지는 것 같
은 고달픔이 따르고 '적의'를 느끼게 하는 그 어떤 느낌이
늘 남아 있어요. 정리된 종이 부스러기들을 벽난로에 태울
수 있다면 마음도 따뜻하고 난방도 되고 편안할 것 같아서
단독주택을 은연중 그리워하는 겁니다.

"소설을 쓰는 일 외엔
일기도 써본 적이 없고
누구에게 편지 한 통 써본 적이 없어요"

고정희   평소에 편지는 자주 쓰시는 편인지요? 반드시 문학적 의미
       가 아니더라도 따님들과 각별한 애정을 나누시는 걸로 아
       는데요.

박완서   이상하리만치 나는 편지를 안 쓰는 타입이에요. 소설을 쓰
       는 일 외엔 일기도 써본 적이 없고 누구에게 편지 한 통 써
       본 적이 없어요. 오죽했으면 딸들이 나를 비판하는 소리로
       "엄마는 돈 받는 원고만 쓰는 거야?" 하고 핀잔을 준 적이
       있을 정도니까요. 단지 여기저기서 받은 초대장, 카드, 편지
       들을 일정한 시간이 지나면 나름대로 정리하곤 해요.

고정희 지금까지 발표하신 작품 중에서 독자의 반응이 가장 민감한 작품을 든다면 어느 작품을 꼽을 수 있을까요?

박완서 독자에게 고마운 것 중의 하나가 내 모든 작품을 꾸준하게 지켜봐준다는 것입니다. 어떤 작품이든 1년에 서너 판은 찍고 있으니까요. 굳이 따지자면 『꼴찌에게 보내는 갈채』『휘청거리는 오후』『살아 있는 날의 시작』 등이 1년에 몇 판 이상 찍고 있어요. 특히 『서 있는 여자』는 한여름에 2, 3만 부씩 팔리고 있으니 나로서는 정말 큰 축복이지요.

고정희 제가 이곳에 오기 전에 선생님이 동인으로 적을 두고 있다는 페미니즘 그룹에서 다음 동인지에 「서 있는 여자 그 이후」를 써달라는 청탁을 부탁받았습니다. 거기에 대해 선생님 생각은 어떠신지요?

박완서 결국 『서 있는 여자』의 대안을 제시해달라는 거겠지요. 그 작품을 쓸 당시는 여성 문제를 의식하고 쓴 것이 아니라 체험으로 쓴 것인데, 내 개인적으로도 요즘에 와서 독자들로부터 그 후속편을 써달라는 호소를 많이 받았어요. 대안을 당장 제시하지 못하는 것이 내 약점이지만, 숙제로 받아들여야 하겠지요.

고정희 『서 있는 여자』에서 선생님이 말하고자 하는 주제 의식이 랄까요, 그런 것은 어떤 것인지요?

박완서 당시 구상은 딸이 주인공이 아니라 '엄마 무도회의 수첩'이라 내정하고, 이혼하지 않고도 노년에 창조적으로 살아가는 몇 가지 가정 모델을 그리려 했어요. 그래서 처음에『떠도는 결혼』으로 연재하게 됐는데 쓰다 보니까 자꾸 늙은 사람보다 젊은이를 좋아하는 쪽으로 기울어지고, 그러다 보니까 딸이 주인공이 되고 말았어요. 또 단행본으로 출판될 무렵『결혼』이라는 번역 작품이 나와 하는 수 없이『떠도는 결혼』을『서 있는 여자』로 개명하게 된 거예요.

"여성은 체험만으로도
여성 문제를 잘 쓸 수 있다고 봐요"

고정희 그래도 지금까지 여성학회 등에서 여성 문제 작품들을 따질 때 선생님 작품이 대부분 텍스트로 채택되고 있는데, 여성 문제를 의식하고 쓰신 작품은 없는지요?

박완서 물론 있지요. 내가 여자인 만큼 학력의 고하나 신분을 막론하고 여자가 당하는 불평등과 모순에 대해 근본적으로 문제의식을 느끼고 있지요. 단지 문제의식에 너무 사로잡힌

나머지 소설적 재미를 잃어버리는 것을 경계해왔다고 할까요. 그중에서도 『살아 있는 날의 시작』은 여성 문제를 인식하고 쓴 작품입니다. 그러나 이론으로 무장한 것은 아니고 체험으로 썼다고 할까요. 지금까지도 나는 이성에 봉사하는 일은 잘 안 되고 있어요. 그냥 살다 보면 문학이란 게 본래 그런 것 아니겠어요. 본질적으로 억압받는다든가 서러운 계층, 그늘에 가려진 층에 대한 애정을 쏟게 되는 게 당연한 것 아니겠어요. 내 경우 결혼 생활에서 상당한 대우를 받았음에도 불구하고 여자이기 때문에 태어나면서부터 당하게 되는 경험 이전의 문제의식이 없을 수 없지요. 남자들이 여성 문제를 건드릴 때에는 여성을 자꾸 대상화하게 돼요. 그러나 여성은 체험만으로도 여성 문제를 잘 쓸 수 있다고 봐요. 내가 『서 있는 여자』의 후속편을 쓰게 된다면 아마 그건 '다시 살아 있는 날의 지평'에 서 있는 여자 이야기가 아닐까, 그런 상상을 해봅니다.

고정희   선생님의 작품 구상은 주로 어디서 얻어 어떻게 이뤄지는
         지요? 말하자면 영감을 얻는 소스 같은 것 말입니다.

박완서   줄거리를 생각할 때도 있고 어떤 성격을 먼저 생각할 때도
         있습니다. 작품을 쓸 때 누가 이런 것 좀 써달라 해서 소재
         를 제공할 때도 있지요. 그 많은 생각 중에 어느 날 어떤 사

람의 말 한마디가 가슴에 확 와닿아서 작품 구상을 유발할 때가 많아요. 내 소심한 탓에 반드시 비상금을 비축하고 살아왔듯이 창작에서도 늘 머릿속에는 구상이 몇 개씩 비축되어 있어요. 발효의 시기가 끝나면 하나씩 꺼내서 쓰지요. 또 밥상머리 자녀들의 얘기도 소설의 리얼리티를 획득하는 데 중요한 몫을 차지해왔어요. 그러니까 내게 있어 영감이란 하늘에서 뚝 떨어지는 것이 아니라 항상 제 나름의 그물을 치고 있는데, 거기에 걸려드는 부분이 경험과 만날 때 어떤 영감을 부여한다고 할까요. 소위 내게 영감을 주는 사람이나 소재는 문학에서 받은 경우는 거의 없고 문학 외의 사람들이지요.

고정희 〈문학사상〉에 연재하다 잠시 중단됐던 『미망』을 다시 쓰시는 걸로 알고 있습니다. 앞으로의 작품 활동을 어떻게 구상하고 계시는지요?

박완서 『미망』은 앞으로 600~700매에서 끝을 내려 하고 있고 그 이후는 1년 정도 휴식 기간을 가졌으면 합니다. 김주영 씨 같은 분이 선언까지 하고 절필하는 심정 충분히 이해가 가고 남아요. 글 좀 쓸 수 있는 작가가 나타나면 더 이상 고일 틈을 주지 않고 뜯어가는 게 상업주의 풍토 아닙니까. 이런 풍토에 작가가 말려들어서는 안 되고 작가 자신이 알아서 안식년 같은 것을 챙기는 것이 중요하다고 봅니다. 또 사회는 그런 작가의 안식 기간을 따뜻이 받아들여주는 태도도 가져야 하겠구요.

고정희   오늘의 우리 시대를 어떻게 보시는지요? 독자들을 위해서 작가 박완서로서 한 말씀 주셨으면 합니다.

박완서   궁극적으로 작가는 사랑이 있는 시대, 사랑이 있는 정치, 사랑이 있는 역사를 꿈꾸는 사람이라고 생각합니다. 그런데 자고로 우리는 사랑이 있는 시대를 살아본 적이 없어요. 생각해보세요. 우리 역사에 사랑이 개입해본 적이 있나요, 우리 정치사에 사랑이 있어본 적이 있나요? 속된 말로 뭐 합네 하는 인물들이 권력은 있었을지 모르지만 진정한 사랑을 체험한 이야기가 있나요? 첩과 기생이 있었을 뿐이지요. 그러니까 우리 시대는 꿈이 없는 시대, 재미가 없는 시대, 상상력이 없는 시대로 떨어지고 말았어요. 진정한 의미에서 사랑을 회복하는 일, 사랑의 능력을 되찾는 일이 가장 중요하다고 봅니다. 사랑이 가슴에 차 있지 않은 사람에게서 우리는 새로운 미래를 기대할 수 없기 때문입니다. 진정한 해방의 세계란 과학도 지식도 이론도 아니고 '사랑의 힘'이라고 나는 믿고 있습니다.

"어머니가 딸에게 건
최고의 기대인 신여성은 당시로선
가장 팔자 사나운 여자들이었지요"

고정희   오늘의 선생님이 있기까지 어린 시절의 환경이 어떻게 작
용했는지 궁금하군요.

박완서   사실 내 어린 시절에 대하여 『또 하나의 문화』 동인지 1호
에 「성차별을 주제로 한 자서전」을 쓴 적이 있는데, 여자의
삶에 한을 느끼신 어머니의 영향이 컸다고 봐요. 내 고향은
개성이고 아버지가 급환으로 세 살 적에 돌아가셨는데, 맹
장염이었건만 벽촌이라 침 맞고 푸닥거리하다가 달구지로
읍내에 싣고 갔을 때는 이미 때가 늦어 허망하게 사별하자
맏며느리이자 서울 며느리인 어머니는 그게 철천지한이 되
셨어요. 어떻게 하든 자식만은 서울에서 공부를 시켜야 한
다고 시부모님 허락도 없이 오빠를 데리고 서울로 떠나셨
을 때에는 어른들이 어머니를 헐뜯는 소리를 자주 들었고,
서울서 지지리 고생을 하다가 초라한 몰골로 돌아오길 바
라는 소리를 귓등으로 흘리며 자랐어요.
그러던 어느 날 할아버지가 중풍으로 출입을 못하게 되니
까 사랑에 서당을 차리셨더랬어요. 하루는 할아버지께서
나를 사랑으로 부르시더니 『천자문』을 내주시어 나도 서당

의 학생이 된 것이지요. 서당에서 유일한 계집애였을 뿐 아니라 가장 어린 아이였지요. 나는 달달달 외는 것이 선수여서 그중에서 뛰어났고 할아버지는 자못 만족해하셨어요. 『천자문』을 다 떼고 책씻이로 떡까지 해 먹은 며칠 후 서울 가신 어머니가 처음으로 돌아오셨는데, 기대와 달리 고생한 티는 완연했지만 주눅은 들지 않고 너무도 당당한 모습이셨습니다. 어머니와 어른들 사이엔 가장 큰 소리가 오갔습니다. 어머니는 나까지 서울로 데려다 공부를 시키겠다는 것이었고 어른들은 천부당만부당하다는 듯 처음엔 숫제 상대도 안 하려 들었지요. 사태를 깨달은 할아버지께서 어머니더러 "네가 공부공부 안 해도 걔는 벌써 『천자문』 떼고 『동몽선습』 배우는 중이다"라고 점잖게 나무라시자 "그게 어디 공부하는 겁니까? 재롱 보시는 거죠. 전 걔도 공부를 시키고 싶어요" 하고 어머니가 말대답을 해서 집안이 발칵 뒤집혔어요.

어머니는 자기의 결심이 얼마나 확고부동한지를 시위라도 하려는 듯 어느 날 내 머리를 빗겨주는 척하다가 싹둑 잘라 단발머리를 만들어버렸고, 드디어 어느 날 어머니와 나는 할아버지께 하직 인사를 드리고 당당히 서울로 올라왔지요. 어머니는 현저동 꼭대기에 문간방을 세 들어 바느질 품을 팔면서 근근이 살고 계셨는데, "넌 서울에서 학교 다니고 공부 많이 해서 신여성이 돼야 한다. 그게 엄마의 소원이란다" 하셨어요. 신여성이란 말을 할 때 어머니의 태도는 엄숙하고 진지했으므로 나는 덩달아 엄청난 사명감 같은 걸 느꼈다고나 할까요.

"신여성이 뭔데?" 하고 내가 물으면 어머니는 "신여성이란 공부를 많이 해서 이 세상 이치에 대해 남자들처럼 모르는 게 없고 마음먹은 건 뭐든지 마음대로 할 수 있는 여자란다" 하셨어요. 말하자면 어머니가 딸에게 건 최고의 기대인 신여성은 당시로선 가장 팔자 사나운 여자들이었지요. 그러면서도 딸이 팔자 사나울까 봐 두려워했던 어머니의 모습은 지금 생각해도 우습고 슬프게 느껴져요. 그러나 어머니의 그런 신여성에 대한 투지가 없었던들 나는 그 벽촌 어디쯤에 묻히고 말았겠지요.

고정희   그런 어머님과 따님을 키우시면서 딸에게 거는 기대 같은 것은 많은 차이가 있는지요?

박완서   놀랍게도 여성해방이란 말조차 진부하게 들릴 만큼 여성의 지위가 향상된 오늘날에도, 내가 딸에게 우리 어머니가 나에게 한 것과 조금도 다르지 않은 모순을 반복하고 있어 부끄럽습니다. 나는 내 딸을 공부시키면서 여자라고 건성으로 간판이나 따려고 공부하지 말고 공부란 걸 전문화해서 평생토록 일을 가질 것을 귀가 아프게 강조해왔어요. 여자도 일을 해서 경제적으로 독립하지 않고는 남녀평등이란 한낱 구호나 환상에 지나지 않는다는 소신 때문이었지요. 딸 중엔 남자도 하기 힘든 전문직을 가진 애도 나왔고 큰 딸도 좋은 직업을 갖고 있으면서 결혼했어요. 그런데 가정을 가진 여자가 일을 갖기 위해서 딴 여자를 하나 희생시켜야 한다는 걸 뒤늦게 깨달은 느낌은 매우 낭패스러운 것이었어요. 결국 나는 나의 일이 희생당하지 않기 위해 여자는 뭐니 뭐니 해도 가정을 잘 지키고 아이 잘 기르는 게 가장 행복한 삶이라는 쪽으로 그 문제를 해결하고 말았어요.

고정희   최근의 생각은 어떠신지요?

박완서   의외로 혼자 사는 여자에 대한 사회의 편견이 너무 깊다는 걸 혼자 살면서 느끼게 되었어요. 이제는 남자와 여자에 대한 편견과 고정관념이 무너질 때가 이미 지났는데도 말입니다. 그러나 변화의 길을 늦춰서는 안 되겠지요.

극복될 수 있는 가능성에 관하여

"난 소설이 지녀야 할 첫째 조건으로
재미를 꼽거든요"

정효구   안녕하세요. 처음 뵙는 것이지만, 그동안 선생님의 작품과
         자주 만나서 그런지 낯설지 않고 마음이 편안합니다.

박완서   젊은 평론가가 온다고 해서 내심 마음 졸였습니다. 혹시 과
         격한 문학관을 가지고 도전하면 어쩌나 해서였지요. 그런
         데 내 딸과 같은 분이어서—나는 딸이 넷이나 되거든요—
         일단 다행스럽고 정이 갑니다.

이 인터뷰는 〈문예중앙〉 1990년 여름 호에 실렸다. 인터뷰어 정효구는 문학평론가이자
시인으로 1985년 〈한국문학〉 신인상을 수상하며 평론을 시작했고 현재 충북대학교 국어
국문학과 교수로 재직 중이다. 지은 책으로 『마당 이야기』 『시 읽는 기쁨』 『현대시와 기호
학』 『존재의 전환을 위하여』 등이 있다.

정효구   그동안 여기저기서 청하는 인터뷰에 응하시느라 힘드셨을
            줄 압니다. 그렇지만 최근작『그대 아직도 꿈꾸고 있는가』
            에 대해 독자들을 대신하여 선생님과 몇 가지 논의하고 싶
            으니 양해하여주시면 고맙겠습니다.

            요즘『그대 아직도 꿈꾸고 있는가』는 이른바 베스트셀러
            가 되었지요. 이전의 작품들, 가령『휘청거리는 오후』라든
            가『그해 겨울은 따뜻했네』등도 독자들의 사랑과 관심을
            꾸준히 받은 바 있으나, 이 작품이 짧은 기간 내에 특별히
            베스트셀러로 부상한 데에는 다른 이유가 있지 않을까 싶
            어요. 한마디로 꼬집어서 말씀하시기는 어렵겠지만, 이 작
            품이 베스트셀러가 된 데에 어떤 이유가 있을 거라고 생각
            하십니까?

박완서   글쎄요. 저도 잘 모르겠네요. 저도 참 뜻밖이라고 생각해
            요. 이전의 장편들에 비해 규모도 작고 내용도 거창하지 않
            은데, 참 뜻밖이라고 말할 수밖에 없어요. 처음 이것을 〈여
            성신문〉에 쓸 때에는 제가 가정법원 조정위원으로 있었던
            몇 년간의 경험을 살려 사례별로 써보고자 했지요. 그리고
            계몽적인 측면을 강조하고자 했어요. 그런데 〈여성신문〉이
            상업적인 매체로 변하면서 그에 맞춰 소설의 장르로 만들
            고자 했고, 그러다 보니 딱딱한 계몽적 내용만으로는 독자
            들에게 다가갈 수 없을 것 같다고 생각했어요. 그래서 소

설의 형식을 취하게 되었지만 뭐, 본격적인 문학작품으로
쓴 것은 아니고, 공을 안 들였다면 이상하지만 다른 장편
들에 비하여 품은 덜 들었지요. 그럼에도 불구하고 이 작품
이 베스트셀러로 부상한 것은 재미있게 읽을 수 있기 때문
인 것 같아요. 난 소설이 지녀야 할 첫째 조건으로 재미를
꼽거든요.

정효구 　말초적인 쾌락이 아니라 진정한 의미에서의 재미 혹은 즐거
움이란 소설에서 참으로 중요한 작용을 하지요. 지난 80년
대의 시인, 소설가 들이 너무 심각한 표정으로 무거운 짐을
지고 한 시대를 걸어간 까닭에 이 재미라는 요소의 비중이
최근의 문학에서 감소된 것을 종종 느낍니다. 그런데 선생
님의 작품은 우리의 요즈음 문학이 잃어가고 있는 즐거움
의 귀중함을 일깨워줄 뿐만 아니라 그 즐거움의 기능을 부
각함으로써 다른 작가들의 작품 이상으로 독자들과 친숙하
게 만나고 있는 것이라고 생각됩니다.
　소위 페미니즘 소설을 우리 문단에서 이야기할 때에는 반
드시 그 대표적 작가로 선생님이 거론되곤 합니다. 선생님
께서는 『살아 있는 날의 시작』『서 있는 여자』「해산바가
지」「저문 날의 삽화」 등의 작품을 통하여 여성 문제를 매
우 심도 있게 다루어오셨지요. 이번 작품 『그대 아직도 꿈
꾸고 있는가』 역시 이런 페미니즘 소설에 속하는 것인데,

선생님께서 이처럼 여성 문제를 소설화하게 된 직접적 동기는 무엇인지요?

박완서   사람들이 저를 페미니즘 소설가로 불러주는 것을 어쩔 수는 없지요. 그러나 앞으로 꼭 페미니즘과 관련된 문제만을 다룰 생각은 없어요. 사실 제게는 지금까지 여성 문제 이외의 것을 다룬 경우가 더 많기도 하고요. 그렇긴 하지만 여성 문제를 소설화하는 일은 제게 중요하고 어찌 보면 당연한 일이기도 합니다. 저는 원래 뭔가 쓰고 싶은 열정과 힘이 솟아올라야만 작품을 쓰게 되는데, 그 쓰고 싶은 열정과 힘을 솟아오르게 하는 것은 다음과 같은 것들이에요. 이를테면 사회적으로 부당한 여건이나 운명의 장난과 같은 것에 의해서 참 억울하고 서러운 일이 생겼을 경우, 이게 아니다 싶은 일들이 눈앞에 보일 경우 그것을 증거하고 싶다는 마음이 속에서 끓어오르게 되고, 그와 같은 감정을 주체할 수 없을 때 저는 글을 쓰게 됩니다. 여성 문제 역시 제게는 그 부당함과 억울함을 고발하고 증거하지 않으면 안 될 문젯거리로 와닿았고, 더욱이나 제가 여성이라는 사실은 이 문제를 보다 심각한 것으로 받아들이게 했지요. 이처럼 제가 여성 문제를 소설화한 데에는 어떤 직접적 동기가 있다기보다 그동안 내가 여성으로서 보고 듣고 체험한 내용 자체가 자연스럽게 소설로 이야기되었다고 보는 것이 타당합니다. 여성이란 아무리 경제적으로 사회적으로 잘 살게 돼도 남성에 비하여 민중의 자리에 서 있고, 아무리 사랑받는 여성이라 하더라도 그 사랑이 동등한 의미에서의 사랑이 아닌 것을 볼 때, 여성 문제를 소설화한다는 건 우리 시대 모든 작가들에게 아주 자연스럽고 당연한 일입니다.

"여성들이 끝까지 버리지
못하는 것 가운데 하나가
자식에 대한 꿈이라 생각합니다"

정효구   선생님께서 방금 말씀하신 것처럼 『그대 아직도 꿈꾸고 있는가』의 주인공 차문경은 여성으로 태어났기 때문에 상대적으로 더 큰 학대와 수모를 많은 사람들로부터 당하고 있습니다. 유학 간 차에 다른 여성과 재혼하고 문경에게 이혼을 선언한 전남편, 재혼을 전제로 만난 대학 동창생 혁주, 혁주의 어머니 황 여사, 문경이 교편을 잡았던 학교의 교장 선생님, 문경이 차렸던 탁아소의 학부모들—이 사람들 모두가 바로 문경이 여성이라는 사실과 이혼녀라는 사실 때문에 그를 괴롭힙니다. 이렇게 볼 때 차문경에게는 남성뿐만 아니라 같은 여성들까지도 그를 학대하고 괴롭히는 사람들로 나타납니다. 이런 차문경을 보고 우리는 강한 동정을 느끼게 되는 것이 사실이지요. 특히나 그가 아들을 지키기 위하여 노력하는 모습으로부터 그런 감정을 느끼게 됩니다. 그렇지만 그 아들은 아직 어리기 때문에 차문경의 위안거리요, 동시에 행복 그 자체가 될 수 있을 터이나, 그가 성장하게 되면 차문경은 남성인 아들로부터 또 다른 수모와 학대를 경험할지 모릅니다. 이런 저의 염려에 대해 선생님께서는 어떻게 생각하시는지요?

박완서   여성들이 끝까지 버리지 못하는 것 가운데 하나가 자식에 대한 꿈이라 생각합니다. 차문경이 아이의 아버지인 혁주가 원하지도 않는데 아들을 낳았고 그 자식을 지키기 위하여 최선의 노력을 기울인 것은 자식에 대한 꿈과 관련이 있다고 봐요. 그렇지만 차문경이 아들을 지키고자 한 것은 첫째, 그 아들을 자신이 키워야만 제대로 키울 수 있다는 생각과 둘째, 돈과 체면으로 살아가는 혁주 집안을 혐오했기 때문이에요. 혁주의 집안은 돈을 가졌기 때문에 아들도 가질 수 있다는 자만심을 지녔고, 여성을 위하는 것 같으면서도 여성 비하의 관습에 빠져 있어요. 이처럼 아들을 구색으로 혹은 대나 잇기 위해 필요로 하는 혁주 집안으로부터 차문경은 자기 아들을 구해내고자 한 것이지요. 한마디로 말하자면 차문경이 아들을 지키고자 한 것은 그 아들을 올바르게 키우고자 했기 때문이에요.

"남녀평등은 실천으로 획득해야 할
부분이 더욱 많다고 봐요"

정효구   자녀들을, 특히 아들을 어머니가 올바르게 키운다는 건 상
당히 중요한 문제라고 생각합니다. 선생님께서 차문경을
비롯한 여러 어머니들에게 아들을 제대로 키운다는 문제와
관련해서 한 말씀 해주시면 좋겠습니다.

박완서   요즘 급진적인 여성운동가들의 주장에 비하면 제 주장은
미온적이고 답답해 보일지 모르겠는데…… 전 이렇게 생각
해요. 남녀평등은 법적으로 빼앗을 수 있는 부분도 많지만
삶 속에서 실천으로 획득해야 할 부분이 더욱 많다고 봐요.
그러므로 어머니들은 그간 남자들에게서 받은 부당한 처사
에 대해 깊이 각성하고 자기 아들이 또 다른 여성을 억압하
고 학대하지 않도록 키워야만 해요. 그런데 무지한 어머니
들은 이런 것을 자각하거나 실천하지 못하고 자기 아들에
게 아들이라는 것을 의식적으로 더욱 강조하여 오히려 다
른 여성을 억압하는 데 일조하고, 나아가서는 그로 인해 복
수의 쾌감을 맛보기도 하지요. 차문경을 비롯한 어머니들
은 아들을 여성의 가해자로 키울 것이 아니라 그 일이 되풀
이되지 않도록 유의해야지요. 제가 차문경으로 하여금 아
들을 끝까지 지키고자 노력케 한 것은 차문경이 그 아들을

이와 같이 모범적으로 키우기를 바라는 마음에서였지요. 지금까지 차문경의 모든 꿈이 배반당했다 하더라도 이 마지막 꿈만은 배반당하지 않기를 기대하면서……

정효구 차문경을 어지간히도 괴롭힌 남자, 그 혁주가 『그대 아직도 꿈꾸고 있는가』의 남주인공이지요. 작품 속에서 혁주가 하는 행동이랄까 그의 생각 등을 보자면, 35세밖에 안 된 남자가 저렇게도 파렴치한 짓을 할 수 있을까, 정말 현실 속에 저렇게 파렴치하고 부도덕하며 비양심적인 남자가 흔히 있을 수 있을까 하고 의아심을 갖게도 됩니다. 이 작품을 읽고 나면 아마도 여성들은 혁주의 모습을 보고 혁주뿐만 아니라 남성 일반을 향하여 더욱 적개심을 품게 될 것이고 옆에 앉아 있는 남편까지도 의심이 가고 밉게 보일 것입니다. 그에 반하여 남성들은 그리 유쾌하지 않은 기분을 안고 자기의 자존심에 상처가 가지 않았나 따져볼 것입니다. 선생님께서는 이런 혁주의 성격을 창조하실 때 의도적으로 여성에 대한 남성들의 이기적이고 비양심적이며 파렴치한 측면을 강조하고 부각한 것인지요? 아니면 현실 속의 남성을 있는 그대로 그려낸 것이나 다름없는지, 이 점이 궁금합니다.

박완서 그렇지 않아도 어디 그런 남자가 현실 속에 있느냐고 하는 그런 말을 많이 들었어요. 그러나 저는 그냥 현실 속의 보통 남자를 그렸다고 생각할 뿐입니다. 우리 주위에 그런 남자들 흔해요. 최고의 학력과 지성을 겸비한 남녀가 만났어도 일단 결혼 이야기가 나오기 시작하면서부터 남자들은 대개 혁주와 같은 모습을 닮아가기 시작하는 경우가 많지요. 현실을 보자면 오십 대 홀아비도 경제력만 좀 있으면 처녀장가 들려고 하는데, 삼십 대 중반에 상처한 혁주가 동갑내기 이혼녀를 차버린다는 건 정말 흔하디흔한 일이에요.(웃음) 더군다나 요즈음 남성들은 순종적인 여성만으로도 안 되고 경제력까지 겸비하기를 원하지 않아요? 그런 점에서 본다면 『그대 아직도 꿈꾸고 있는가』의 혁주는 현대 남성의 전형으로 볼 수 있을 겁니다. 하지만 솔직히 말하자면 혁주를 너무 악인으로 그리는 게 아닌가 싶어 나중에는 좀 애를 쓰기도 했지요.

정효구 선생님께서는 혁주가 현실 속의 보통 남자라고 말씀하셨지만 이런 생각도 해볼 수 있지 않을까 싶어요. 일면 좋은 점도 있으면서 또한 남녀 차별의 선입견에서 완전히 헤어나지 못하는 남자, 그런 남자를 형상화하는 것이 보다 효과적이고 리얼리티가 있지 않을까 하는 것이에요.

박완서 작품을 읽는 독자들은 문경이 편에 서게 되므로 정 선생과 같은 생각을 할 수 있지요. 그럴 경우 혁주는 나이만 삼십 대 중반일 뿐 내적으로는 아직 어른이 덜 된 사람이거니와, 독자들은 그런 남자가 어디 현실 속에 있느냐고 반문하게 되거나 혁주에 대하여 증오심과 적개심을 품기 쉽지요. 그러나 한번 관점을 달리해서 생각해보세요. 혁주 어머니의 입장에서 본다면 혁주는 참 괜찮은, 그래서 마음에 드는 아들일 거예요. 어머니가 야단을 치고 충고를 해서 마침내 어머니 주장대로 따라준 아들이야말로 오륙십 대 어머니들에게 바람직한 아들이고 신통한 아들로 여겨졌을 거란 말씀이죠.

정효구 자식, 특히 아들을 소유한 차원에서 바라보고 있는 대표적 존재들이 우리 사회의 어머니들이고 보면, 선생님께서 방금 말씀하신 내용에 공감하지 않을 수 없습니다. 어머니들이 아들을 다른 여성의 가해자로 키워 은밀히 복수의 쾌감을 맛보는 경우가 많다거나, 시어머니가 되는 순간 며느리 앞에서 더는 여성이기를 거부하는 경우 등은 바로『그대 아직도 꿈꾸고 있는가』의 황 여사에게 찾아볼 수 있고, 황 여사는 우리 주위에 있는 시어머니의 전형이라고 말할 수 있으니까요.

선생님의 작품에는 이런 황 여사와 같은 유형의 시어머니가 종종 등장합니다. 선생님의 다른 작품「해산바가지」의 시어머니도 그런 실례의 하나이지요. 그런데 이런 시어머니들은 작품 속에서뿐 아니라 현실 속에서도 역시 며느리 앞에서만은 더는 여성이 아니고, 남성과 동등한 권위를 지닌 당당한 지배자로 군림하지요. 이때 시어머니들은 자신이 며느리라는 사실 하나 때문에 고통 받던 과거사를 잊어버리기가 일쑤고, 설령 당시의 비인간적이고 불평등한 일들을 기억한다 하더라도 그것을 며느리에게 되돌려줌으로써, 일종의 한풀이 내지는 복수를 행함으로써 쾌감을 맛보려고 합니다. 선생님께서는 「해산바가지」나 『그대 아직도 꿈꾸고 있는가』의 시어머니상을 창조하시면서 시어머니가 같은 여성인데도 며느리 앞에서 대단한 권력자로 군림하게 되는 원인에 대해서 혹시 생각해본 적이 있으신지요? 선생님께서는 저보다 연세가 많으시고 주위에 시어머니가 된 사람들을 친구로 두기도 하셨을 것이기 때문에 이 문제를 보다 잘 아시리라 여겨집니다.

박완서 저는 언젠가 프로이트의 책을 보면서 저 사람 분명 서양 사람인데 어떻게 우리와 동일한 생각을 할 수 있을까 하고 놀란 적이 있습니다. 프로이트의 주장에 따르자면, 어머니들은 아들을 낳자마자 자신에게 없었던 남성의 성기를 자신이 달게 되었다고 느낀다는 것이죠. 그동안 남성의 성기가 없어서 갖은 억울함을 당해왔는데, 자신의 몸에서 아들을 낳아 소유하게 되었다는 것은 곧 그 아들의 성기를 달게 되었다는 것과 마찬가지가 되는 것이에요. 그러니까 우리 주위에서 흔히 볼 수 있듯이 무력했던 한 며느리가 아들을 낳게 되면 당당해지고 힘을 얻게 되는 것입니다. 더군다나 아들을 결혼시켜 며느리라도 보게 되면 시어머니들은 종 같던 며느리로부터 어느새 왕 같은 권력자로 올라서게 되고, 이쯤 되면 시아버지보다도 높은 자리에 올라가 있는 경우가 적지 않지요.

정효구 참 재미있는 설명이십니다. 아들을 자기 몸의 분신 혹은 자기 몸 이상으로 생각하는 게 한국 어머니들의 현실이고 보면 아들의 성기를 자신의 것으로 착각한다거나 동일시하는 정도가 다른 나라에서보다 더욱 심할 것이라 생각됩니다.

박완서 프로이트가 주장한 내용은 반드시 극복되어야 할 것으로 봅니다. 프로이트가 그와 같은 사실을 콤플렉스로 노출시켜준 것은 고마운 일이나, 프로이트가 그렇게 말했으니 이건 운명적인 것이라고 자포자기할 수는 없지요.
요즈음 핵가족이 많아져 며느리가 시어머니로부터 당해야 하는 고충이 덜하다고 하나 아직도 무시할 수 없습니다. 비록 생활은 다른 장소에서 이루어진다 해도 시어머니의 신경과 관심은 아들 내외가 사는 곳으로 항상 쏠려 있으니까요. 이런 점은 바로 아들을 낳아 얻은 남성의 성기를 가지고 며느리라는 여성 앞에서 권력자로 군림하고픈 욕망과 관련되지요. 그래서 저는 성경 말씀 중 "부모를 떠나 한 여자와 합치면 아무도 나누지 못한다"라는 말을 되새겨보곤 해요. 우리 사회에서는 여성이 집을 떠나는 것으로 되어 있는데 이 구절을 보면 남성이 집을 떠나는 것으로 되어 있기 때문이지요.

정효구   그 점 정말로 동감합니다. 결혼이란 성숙한 남녀가 각기 자기 집을 떠나와 독자적인 제3의 가정을 꾸미는 것이기 때문에 결혼한 남녀 모두가 양가에 속하면서 동시에 속하지 않는 그런 입장을 취해야 마땅하고, 부모들 역시 자녀들의 그런 삶을 인정해주고 도와줘야지요. 그러고 보면 이제 '시집을 간다'라느니 '장가를 든다'라느니 하는 표현을 지양하고 '결혼한다' 혹은 '혼인한다'와 같이 남녀가 평등하게 대우되는 표현을 일반화해야 할 것이에요.

박완서   예, 그렇지요.

"참 이상한 일이에요.
현대사회 속에서 유독 가족 윤리만은
그 변화나 붕괴의 속도가 매우 더딥니다"

정효구   이제 이야기를 조금 바꾸어보겠습니다. 저는 항상 이런 생
각을 해왔습니다. 본래 역사나 사회의 진보적 주체는 체제
밖의 사람들, 다시 말하자면 일종의 야인野人들이라고 할 수
있다는 겁니다. 그런데 이와 같은 야인들의 입과 행동을 통
하여 제시되고 주장되던 내용들은 적어도 한 세기 정도의
시간이 걸린 후에야 성문화되는 것을 볼 수 있습니다. 여러
면에서 선각자였던 이광수는 이미 1910년대에 여성해방과
자녀중심의 중요성을 주장하였습니다. 그런데 이런 여성해
방의 정신을 부족한 대로나마 수용하여 그것을 성문화한
것이 최근인 것을 보면 위와 같은 말이 얼마간 타당성 있는
것으로 입증됩니다. 그러나 이런 과정을 통하여 성문화한
내용이 실제 국민들 사이에서 삶으로 실천되고 나아가서는
문화와 관습 자체가 바뀌는 데까지 이르려면 또한 엄청난
시간이 걸리지요. 그것도 노력을 지속적으로 해나갈 때에
그렇지요.
선생님의 작품 『그대 아직도 꿈꾸고 있는가』에는 아직까지
도 사람들의 마음속에 뿌리 깊이 자리해 있고 막강한 힘을
행사하는 이른바 남아 선호 사상 혹은 남성 중심 사상의 문
제가 아주 중요한 이슈로 등장합니다. 이처럼 사람들이 아
들을 선호하고 마치 여성이란 거세된 남성에 불과한 것처
럼 생각한 데에는 여러 원인이 있을 겁니다. 가령 아들을
낳아야 현실적으로 경제적인 득을 본다는 속셈도 그 원인

일 것이고, 또한 형식을 중시하는 유교적 이념의 영향도 그 원인일 것입니다. 선생님께서는 여러 가지 원인들 중 어떤 것에 가장 큰 비중을 두고 이 작품을 쓰셨습니까?

박완서   참 이상한 일이에요. 현대사회 속에서 다른 유형의 윤리나 관습 등은 단시간 내에 붕괴하는데 유독 가족 윤리만은 그 변화나 붕괴의 속도가 매우 더딥니다. 우리 사회 속에 아직도 존재하며 기존 가족 윤리의 붕괴를 경고하는 사람들이 소위 유림들이죠. 이들의 주장이 여태껏 유효하다는 게 그것을 입증하지요. 그러니 가족 사회 속에서의 남녀 관계는 마치 정치권 속에서의 여야 관계 같은가 봅니다. 남성들은 분명 기득권자이면서 여성 상위니 경제권을 빼앗겼느니 하는 말들로 여성들을 착각에 빠지게 합니다. 그러나 이들의 마음 밑바닥을 들여다보자면, 실제의 권한만은 조금도 내놓고 싶지 않은 게 사실이지요.
질문과는 조금 다른 이야기가 되고 말았군요. 이제 정 선생의 질문에 답을 해야 할 텐데…… 제가 생각하기에는 남아를 선호하게 된 가장 큰 원인이 대를 잇는다는 명분에 있는 것 같아요. 『그대 아직도 꿈꾸고 있는가』의 혁주와 황 여사가 문경의 아들을 빼앗으려고 한 것도 이 문제와 관련돼 있지요. 뭐, 현실적·경제적 측면에서의 득이란, 부유한 집안의 경우 크게 문제가 안 되지요. 그리고 보면 이 대를 잇는다는 명분이 사람들을 구속하는 주범인 셈이에요.

그런데 이런 생각들은 꼭 극복되어야 합니다. 과학적으로 볼 때 부부의 피와 유전자가 반반씩 섞여서 자녀가 탄생하는 것이라면 실질적으로 대란 남녀 모두에 의해서 이어지는 것이 아닙니까. 남자 편의 성을 따르게 되어 있는 문화적 관습 때문에 대가 끊어진다고 생각하는 것이지, 실제에 있어서는 성이 끊어지는 것일 뿐 대가 끊어지는 것이 아니지요. 외국의 경우 성이란 크게 중시되는 것 같지 않습니다. 자기 대에서 성을 만들어나가는 경우도 있고, 사위에 의해서 가업이 이어지거나 전혀 다른 성을 가진 타인에 의해서도 가업이 이어지고 있거든요. 우리 사회에서는 꼭 양자라도 데려다 성을 이어야 하는 것처럼 믿고 있는데, 앞에서도 말씀드렸듯이 성이란 관념으로 만들어진 것이지 본능은 절대 아닙니다. 그렇기 때문에 이 문제는 극복되어야 할 뿐만 아니라 극복될 수 있는 가능성을 안고 있습니다.

정효구　요즘 젊은 부부들에게서는 이 문제가 조금 극복된 것처럼 보입니다. 그럼에도 불구하고 아들을 선호하는 경향이 아직까지는 그들에게서도 지배적이고, 그렇기 때문에 산부인과 병동에서 여아들이 태어나기도 전에 타의적으로 생명을 잃는 경우가 허다하지요.

박완서 사람들은 걸핏하면 여성은 밭이고 남성은 씨라고 비유합니다. 이 비유는 처음부터 잘못되었으나, 설사 백번 양보하여 이 비유를 그대로 전제한다 해도 여전히 문제가 남습니다. 여성이 분명 밭의 속성을 지녔다 하더라도 여성은 밭이면서 동시에 반쪽의 씨이기 때문입니다.

"여성이란 임신하고 있는 동안
생명에 대한 경외감과 말로 표현하기 어려운 신비감
그리고 행복감을 느낍니다"

정효구 남성은 하늘이고 여성은 땅이라는 비유 역시 그 진의를 모르고 사람들은 잘못 사용하지요. 본래 비유란 항상 오류와 한계가 있는 것이므로 비유에 현혹되는 일은 없어야 할 것입니다. 더군다나 그 비유의 참뜻을 왜곡한다면 그 비유의 가치란 부정적인 것일 뿐이겠지요.

그러면 화제를 『그대 아직도 꿈꾸고 있는가』의 차문경에게로 돌리겠습니다. 그리고 이 차문경의 성격을 좀 더 분명하게 하기 위해 선생님의 작품 『서 있는 여자』에서 주인공 연지의 경우를 함께 생각해보겠습니다. 이 두 여성 주인공의 공통점은 이혼을 했다는 사실입니다. 『서 있는 여자』의 연지는 남녀평등이 실천될 수 없다는 뼈아픈 인식 아래 주체적으로 이혼을 감행합니다. 그에게 이혼은 자기 결단이요

선택인 것입니다. 그에 반하여 차문경의 이혼은 수동적으로 당한 것이고 어쩔 수 없는 운명이었습니다. 그렇지만 이혼을 주체적으로 감행했든 수동적으로 당했든 간에 현실적으로 여성에게 이혼이 득으로 작용하는 면은 크지 않습니다. 특히 자녀가 있는 상태에서의 이혼이나 파혼은 자녀들에게 불운의 상처를 안겨주는 것이기 때문에 더욱 그렇습니다. 그러므로 당사자 개인의 행복과 자녀의 행복이라는 두 문제를 동시에 고려할 경우 이혼이란 매우 어려운 측면을 가지고 있습니다. 선생님께서는 이혼녀인 데다 재혼하기로 마음먹은 남자로부터 파혼당한 차문경, 그 남자가 내 아들이 아니라고 거부하는 아이를 사생아와 같은 처지에 낳아놓은 것을 어떻게 생각하십니까?

박완서 뭐, 이야기를 만들려다 보니까 문경이로 하여금 아들을 낳도록 했지요.(웃음) 그러나 이것보다 제가 문경이로 하여금 아들을 낳게 한 데에는 다른 이유가 있습니다. 여성이란 임신하고 있는 동안 생명에 대한 경외감과 말로 표현하기 어려운 신비감 그리고 행복감을 느낍니다. 이런 감정은 여성만이 느낄 수 있는 소중한 감정이며 귀한 체험이지요. 문경이는 이런 감정을 느끼고 체험할 권리가 있습니다. 뿐만 아니라, 문경이가 그 아이를 키우면서 얻게 될 여러 가지 깨달음과 한 생명의 성장 속에서 어머니가 갖게 되는 포만감과 만족감도 매우 중요하다고 생각한 것이지요.

정효구   그렇지만 문경이의 아들은 아버지 없는 결손가정에서, 아버지가 있다 하더라도 다른 여성과 살고 있는 그런 결손가정에서 자라야 할 터인데 여기에 대해서는 염려하지 않으셨습니까?

박완서   제 생각으로는 결손가정이라고 해서 반드시 아이가 잘못된다고 보지 않습니다. 부모가 다 있고 경제적 여유가 있는 경우에도 비행 청소년은 얼마든지 나올 수 있으니까요. 그래서 문경이가 불리한 조건에서 아이를 낳은 것에 대해 크게 염려하지는 않았습니다.

정효구   선생님의 말씀처럼 이 아이가 잘 성장하여 여성이기 때문에 겪은 어머니의 불운까지도 모두 이해하고, 그런 남녀 간의 불평등을 극복하고자 하는 데까지 나아가주었으면 하는 바람입니다.

박완서   그렇습니다.

"소설은 달라야 해요. 이를테면 책이
사람을 불러들여야 하는 것이지요"

정효구   훌륭한 소설은 흔히 문학적 우수성뿐만 아니라 운동으로서
         의 실천적 기능까지도 효과적으로 담당하고 있는 경우를
         봅니다. 그러나 이런 경우는 아주 드물고, 대부분 소설로서
         의 문학적 가치와 운동으로서의 실천적 가치가 일치하기
         어렵지요. 그러므로 여성운동을 실천한다는 것과 문학성이
         우수한 소설을 쓴다는 것 역시 그렇게 쉬운 일만은 아닐 것
         같습니다.
         작가로서 바라는 최고의 희망이야 물론 이 두 가지가 일치
         하고 조화를 이루는 것이겠으나 현실적으로 그것의 실현이
         쉽지 않기 때문에, 또는 작가의 문학관에 따라, 이 두 가지
         중 어느 한 가지에 더 큰 비중을 두게 될 것 같습니다. 그
         렇다면 선생님께서는 『그대 아직도 꿈꾸고 있는가』를 쓰실
         때 어떤 계획을 가지고 임하셨는지요?

박완서   처음에는 계몽적인 의도를 가지고 출발했어요. 앞서 말씀
         드린 것처럼 발표지가 〈여성신문〉이었기 때문에 더욱 그랬
         지요. 그러나 문학이 계몽성만 강조하다 보면 단순해지고
         건조해질 것 같아 문학적 체취도 가능한 한 지니도록 하려
         고 노력했지요. 논문이나 학술 서적은 억지로라도 읽어야
         하겠지만 소설은 달라야 해요. 이를테면 책이 사람을 불러
         들여야 하는 것이지요. 그렇게 되려면 우선 작품이 재미있
         게 읽혀야 할 것이고, 딱딱하지 않게 문학적 향기 같은 것

도 지니고 있어야 하겠지요.

정효구 선생님, 힘드시지요? 이제 조금 남았습니다.

박완서 우리 차 한 잔 더 마시면서 얘기 나눌까요?

"제가 중산층적 한계를
벗어나지 못했다는 지적에는
언제나 승복합니다"

정효구 우리 사회의 여성들 중 소외와 고통을 가장 크게 당하는
계층이 바로 저소득층 여성들일 것입니다. 상류층 여성들
이나 중산층 여성들도 그 나름의 차별을 받고 고충을 당
하고 있습니다마는, 저소득층 여성들이야말로 성적·경제
적 측면에서의 이중적 억압을 감당해야 합니다. 그뿐 아니
라 같은 여성이면서도 중·상층 여성과 저소득층 여성은 서
로 갈등하는 경우에 있는 예가 많습니다. 아직까지 우리나
라 페미니즘 소설 창작이 초기 단계에 있기 때문에 전 분야
를 포괄하지 못하는 것이라 여겨집니다. 그럼에도 불구하
고 저소득층 여성의 문제는 심각하고 중요한 소설적 재료
인 동시에 극복해야 할 사회적 현실인데, 선생님께서는 앞
으로 이 문제를 다루고 싶지 않으십니까? 여기에 관심을

부여하고 싶다면 구체적으로 어떤 것이 중요하다고 보시는
지요?

박완서 이 질문은 제 약점을 건드린 거예요. 제가 중산층적 한계를
벗어나지 못했다는 지적에는 언제나 승복합니다. 그렇지만
작가가 이래서는 안 되는 것인데, 그쪽에 대해서는 잘 모르
고 실감으로 와닿지가 않아요. 그래서 현장 취재도 해보았
지만, 체험을 바탕으로 한 취재가 아니라서 그런지 작품이
잘 안 써져요. 그러나 제가 중산층적 한계를 지녔다고 사람
들이 매도할 때에는 좀 듣기 싫어요. 가장 잘 아는 것밖에
쓸 수 없는 것이고, 제게 있어서 소설이란 뭔가 가슴 밑바
닥으로부터 저리고 아프면서 끓어오를 때 써지니 참 곤란
하고 어렵네요.
저는 자신이 골수 중산층이라는 걸 잘 알아요. 물론 어린
나이에 극빈에 가까운 빈곤 생활을 체험하긴 했어요. 그럼
에도 불구하고 제가 골수 중산층이 된 것은 저를 키운 어머
니에게 중산층 의식, 그 당시로 보자면 양반 의식 같은 것
이 박혀 있었기 때문인가 봐요. 게다가 제가 중산층에 걸맞
은 학력을 가졌다는 것도 그 원인인가 봐요. 그렇기 때문에
전 중산층의 허위의식을 잘 알고 있으며, 그것을 비판하고
지적하는 데에 나름대로 적극적이지요. 이렇게 자인도 하
고 변명도 합니다만, 저의 작업 또한 그 위치에서 얼마간의

의의가 있다고 봐주세요.(웃음)

"저는 중산층이야말로
인간다운 삶을 영위할 수 있는
최저 계층이라고 봐요"

정효구   작가란 어차피 자신이 쓸 수 있는 이야기를 쓸 수 있을 뿐
          이지요. 그리고 작가가 모든 영역을 다 다룰 수도 없으며,
          그에게 그것을 요구한다는 것 자체가 무리이지요. 선생님
          께서 지금까지 중산층 여성의 문제를 다루어오신 것은 분
          명 중요한 의미가 있고, 그 분야를 다룬 대표적 작가로도
          기억될 만하다고 믿습니다.

박완서   저는 중산층이야말로 인간다운 삶을 영위할 수 있는 최저
          계층이라고 봐요. 다만 이런 말을 하는 데 한 가지 조건이
          있다면, 그것은 중산층의 허위의식, 안이한 태도, 속물근성,
          기회주의적 속성 등을 극복해야 한다는 것이에요. 저는 노
          동자들이 노동쟁의를 하는 것도 어찌 보면 중산층으로 올
          라서려는 몸부림이고, 우리 어머니들이 밀어올리려고 목표
          한 것도 중산층이 되는 것이 아닌가 생각해요. 그런 의미에
          서 본다면 중산층적 삶이 어떻게 확립되어야 하는가가 아
          주 중요하다고 봐요.

정효구 그렇다면 선생님께서는 앞으로 여성 문제 혹은 남녀 불평
등의 문제와 관련해서 어떤 작품을 쓰실 예정이십니까? 쓰
시고자 계획하셨거나 쓰고 싶으신 작품이 있으면 말씀해주
세요.

박완서 일종의 공상 소설을 하나 쓰고 싶어요. 이 소망이 실현될지
모릅니다만 한 번쯤 깊이 있게 다루어볼 만합니다. 지금 우
리가 사는 세상, 특히 대한민국에서는 남녀의 비율이 점차
균형을 잃어가고 있습니다. 제가 생각하기에는 자녀를 너
무 많이 낳는 것도 생태계를 파괴하는 데에 기여하지만, 성
별의 균형이 깨지는 것은 더욱더 심각하게 생태계를 파괴
하는 것이라고 봅니다. 일종의 공해를 유발하는 것이나 다
름없어요. 이와 같은 추세가 계속되어서 남성이 여성보다
수적으로 엄청나게 많아졌을 때 어떤 현상과 공포스런 현
실이 도래할지 생각만 해도 무섭습니다. 작가적 상상력을
이 방면으로 동원하여 소설을 하나 만들고 싶은 것이지요.

정효구 선생님의 작품이 기대됩니다. 긴 시간 동안 진지하고 의미
깊은 말씀을 해주셔서 매우 고맙습니다. 여성 소설이나 여
성운동이 여성만의 문제가 아니라 인간 전체 혹은 생태계
의 보존 문제로까지 이어진다는 것을 깊이 생각하고 남녀
가 진정 존엄한 인간으로 대등하게 만나고 살아가야 할 것

입니다. 『그대 아직도 꿈꾸고 있는가』라는 선생님의 소설 제목은 남성뿐만 아니라 여성에게까지 질책으로 다가옵니다. 꿈을 깨는 데에는 고통이 따르겠지요. 그러나 꿈을 꾸는 기간의 행복은 꿈속의 것 이상이 못 됩니다. 선생님의 이 작품이 더욱더 많은 사람들의 꿈을 깨는 데 적극적으로 기여할 수 있기를 바랍니다.

저문 날을 건너오는 소설

박완서   차 한잔 드시면서 말씀하시죠.

김경수   〈작가세계〉에서 선생님에 대해 워낙 자세히 다뤄놔서…….

박완서   글쎄, 요샌 왜 그런 게 유행이죠?

김경수   선생님 전집 출판하신다는 건 어떻게 시작이 된 겁니까?

이 인터뷰는 1991년 10월 10일 이루어졌고 그해 〈문학정신〉 11월 호에 실렸으며 『말·삶·글』(열음사, 1992)에 재수록되었다. 문학평론가 김경수는 1988년 〈조선일보〉 신춘문예로 등단했고 현재 서강대학교 국어국문학과 교수로 재직 중이며 지은 책으로 『문학의 편견』, 『공공의 상상력』, 『현대소설의 유형』, 『염상섭과 현대소설의 형성』 등이 있다. 문학평론가 황도경은 1990년 〈문학사상〉을 통해 등단했고 지은 책으로 『극장의 시간』, 『문체, 소설의 몸』, 『우리 시대의 여성 작가』, 『욕망의 그늘』 등이 있으며 소천비평문학상, 고석규비평문학상 등을 받았다.

박완서 글쎄, 내년부터나 어떻게 실질적인 게 되지 않겠어요? 그냥 하라고는 했는데요. 제 작품 중 거의 죽어 있는 것부터 하라고 했죠. 『나목』 같은 작품 말입니다. 최근 작품들은 나중에 하도록 했지요.

"처음에 문학에 대해 매혹된 것은 통속소설에 의해서였죠"

김경수 고교 시절의 독서 체험 등이 선생님의 문학적 토대가 됐을 것 같은데, 그 당시의 독서 경향에 대해서 구체적으로 말씀해주시죠.

박완서 처음에 문학에 대해 매혹된 것은, 이런 데 밝히기는 뭣하지만 통속소설에 의해서였죠. 김내성의 무슨 소설이 좋았다는 말도 많이 털어놓지 않습니까? 누구라 해도 여러분이 알 수도 없는 일본 통속 작가들의 작품이었죠. 소년·소녀 소설, 그러다 연애소설로 옮겨 가고. 우리가 좋아했던 일본 작가들 중에 요새 사람이 알 만한 사람은 아마 아꾸다가와 정도죠. 단편을 아주 깔끔하게 쓰고, 우리나라 작가로 치면 이상李箱하고 비슷하지 않았나 싶어요. 장편은 별로 본 게 없는데, 사람의 병적인 이상심리 같은 것을 주로 그렸어요. 아꾸다가와한테 반한 것도 후기죠. 처음에야 뭐, 누구라 해도 여러분이 모르는 작가들, 달콤하고 일본적인 독특한 걸 쓰는 작가들의 작품을 주로 읽었죠. 연애소설 같은 거. 그 러다가 일제시대 때도 많이 번역되었던 게 톨스토이, 도스 토예프스키, 그리고 요새는 덜 읽는 것 같은데 지금은 뚜르 게네프라고 하나, 그때는 일본 말로 쓰르게네프라고 했는 데 그 사람 것도 많이 읽었어요. 서사시 같은 것도.

김경수   투르게네프 같은 작가는 1910년경부터 워낙 많이 들어왔으 니까요. 데뷔하신 이후에는 어떠셨습니까?

박완서   문학을 좋아한다는 게 완전히 외국 문학을 통해서 이루어 졌기 때문에 데뷔하고 나서는 우리나라 문학을 참 많이 읽 었어요. 요새도 많이 읽는 편이지만, 우리나라 말 공부도 하고. 내가 데뷔하기 직전에 제일 좋아했던 게 최인호 작품 이었어요. 참 재밌더라구요. 지금도 좋아하고. 데뷔하기 전 부터 많이 읽었던 게 이상의 작품이었어요. 그때는 해방되 자마자인데도 이상 전집 같은 게 나와 있었고.

황도경   요새 젊은 작가들의 작품은 어떻습니까?

박완서   아주 최근 것들은 잘 모르겠어요. 그래도 요즘 작가들의 것 도 많이 읽죠. 이문열, 김원일, 김원우 다 좋죠. 오정희 것도 많이 읽었구요.

김경수　고등학교 시절의 박노갑 선생님에 대한 얘기도 좀 해주시죠.

박완서　그 선생님이 우릴 참 귀여워했어요. 한말숙, 나, 우리가 다
　　　　한 반이었는데. 전체 졸업생이 150명쯤 돼요. 그중에서 문
　　　　과가 한 50명, 이과가 한 50명, 그리고 그때만 해도 대학 진
　　　　학을 안 하고 가정에 들어앉을 사람을 위해서 가사과도 있
　　　　었어요. 문과 한 50명쯤 중에서 나, 한말숙, 또 박명선이라
　　　　고 그전에 잘 썼었는데 요즘은 발표가 뜸하고, 또 김양식,
　　　　이렇게 시인 둘 소설가 둘이면 한 10퍼센트쯤 되죠.

김경수　『나목』이 처음 나왔을 때의 반응을 기억하세요? 요즘보다
　　　　는 못했죠? 지금 쓰시는 작품들보다는 별로 기억하는 사람
　　　　이 없는 것 같은데.

박완서　벌써 20년 전 일이니까요. 그때는 지금처럼 연재가 되는 게
　　　　아니고, 여성지도 얼마 없었을 때구요. 단행본에다 부록이
　　　　돼서 나왔으니까. 그 이후로 열화당에서 출판되어 나왔죠?
　　　　지금이야 소설 같은 거 10만 부쯤 팔리는 게 우습지만 이전
　　　　에야 잡지에 딸려 나가니까.

김경수 『나목』에 나오는 여주인공의 나이가 선생님께서 전쟁을 겪었을 당시하고 거의 걸맞죠?

박완서 네.

김경수 저는 그 소설을 참 좋아합니다. 이 작품은 전쟁이 나서 학업도 여의치 않고, 남자들이 부재한 상황에서 젊은 여자가 육체적으로나 정신적으로 성숙하는 과정을 다룬 것이라고 생각되는데, 한 여인이 성장기에 겪어야 했던 전쟁 체험이라든가 하는 것들 중에서 선생님의 개인적인 경험이 스며든 흔적 같은 것이 있습니까?

박완서 『나목』이 그 당시에 화제가 됐던 것은요, 지금도 그렇게 알려지고 있습니다만, 그 작품이 박수근 씨에 관한 이야기를 담고 있다는 것 때문이었던 것 같아요. 특히 PX 부분은 체험을 거의 걸르지 않고 쓴 부분이죠. 1년 동안 작품 속의 남녀처럼 저도 거기서 일을 하고, 그분도 거기서 그림 그리고 그랬었죠. 그리고 후에 그분이 돌아가시고 난 다음에 그걸 썼는데, 물론 거기 나오는 것처럼 어떤 러브 스토리가 있었던 건 아니에요. 저는 스무 살쯤이었고 그분은 거의 저의 아버지 연배였어요. 지금 생각하면 참 운명적인 만남이었던 것 같아요. 그분 때문에 소설을 썼으니까요. 문학 애

박수근

호가였었지만 소설가가 되겠다는 건……. 아무튼 처음 글 쓸 땐 전기를 쓰려고 했어요. 소설에서도 나옵니다만 유작전을 보러 갔었어요. 그 전까지는 그분의 제대로 된 그림을 한 번도 본 적이 없었어요. PX에서 초상화 그리는 거밖에. 그걸 보러 갈 때 저는 그냥 같이 일하던 사람이 조금 유명해져서 갔죠. 물론 지금같이 그렇지는 않았어요. 유작전 할 때만 해도, 그때만 해도 지금처럼 그림값이 오르기 전이었는데도 가정에서 있던 저 같은 사람이 보기에는 엄청난 값을 부르더라구요. 거의 살 수 있는 그림도 없고, 지금은 뭐, 한 호에 1억 얼마라고 하는데 그게 다 유족하고 아무 상관이 없는 거예요. 그분도 참 끝끝내 정말 힘들게 살다 돌아가셨어요. 그럴 때 여러 가지 그분이 고생하신 거, 얼마나 싸구려 그림으로 한때를 연명했나…… 뭐, 이런 여러 가지 착잡한 생각들이 뒤엉키면서 괜히 그분을 대신해서 억울한 것도 있고, 그래서 어떤 증언적인 의미에서 글을 쓰고 싶었어요. 그리고 그분에 대해서는 그림만 갖고 값이 얼마얼마하지 생애에 대해서는 아는 분이 얼마 없더라구요. 그 무렵만 해도 60년대 말 70년대 초지요. 제가 1970년에 그걸 썼으니까요. 당시에도 이중섭 화백에 대해서는 굉장히 알려져 있었어요. 그 사람은 아주 오래 전에 돌아가셨지만 그때도 그림값은 이중섭이 더 높았어요. 그리고 그 사람이 6·25 중에 부인을 일본으로 보내고 술에 곯아서 거의 정신착란같이 됐던 것도 굉장히 예술가다운 삶으로 미화되고, 미화됐다기보다, 아무튼 멋있어 보이잖아요. 제가 보기에는 이중섭 씨의 그런 삶보다 박수근 씨가 산 게 더 비극적으로 생각이 되더라구요. 술로 자기 정신을 흐려놓지도 않고, 죽으나 사나 그 전쟁의 와중에서 붓대 하나로 식구들을 부양하고, 또 참 견디기 어려운 수모도 많이 받고 하면서도 그 싸구려 그림을 몇 십 장씩 그려서 연명해간 게 훨씬 비극적으로 여겨지고. 그래서 그걸 증언하고 싶다는 생각으로 쓰게 됐죠. 그러다 보니까 논픽션 쓴다는 게 제 소질에 잘 안 되더라구요. 물론 논픽션 작가에게는 소설 쓰기가 더 힘들어 보일지도 모르지만. 쓰면서 자꾸 뭔가 보태 넣고 싶은 거 있죠? 사실과 다른 걸 뭔가 보태서 내가 원하는 어떤 인간상을 만들고 싶은 욕구가 자꾸 생기고 그래서 자꾸 거짓말을 보태게 되고, 그럼 이게 아니다 싶고. 논픽션이라는 게 물론 사실이어야 하고 실제적인 인물이라든가 그런 것이 부각되어야 하는 것이라…… 또 그 시절 얘기, 지난 얘기를 쓰다 보니까 내 얘기도 좀 하고 싶은 거 있죠? 자기를 털어놓고 싶은 욕구 같은 거. 논픽션을 쓰면서 영 성이 차질 않아요. 그래서 딱 소설로 바꿨을 때, 제 생각으로는 그게 내 자기 발견이 아니었나 싶습니다. 그래서 소설로 써보자 하니까, 사실에 근거해야 된다는 생각으로 쓸 때와는 달리 내가 알고 있는 몇 가지 사실로부터 놓여나니까 굉장히 자유스러워지더라구요. 그래서 쓴 게 『나목』이에요. '나목'이라는 제목도, 사실은 그분이 그런 나무를 참 많이 그렸습니다. 이파리 없는 나무, 거목 같은 것도 많이 그리고. 그것도 유작전에서 보고 알았지, 내가 본 그분이 그린 건 다 외국 사람의 초상화였으니까 본 적도 없고, 유작전에서 보고 나중에 화집 같은 데서 보고 알았죠.

여자 주인공에게 제가 많이 투사가 됐어요. 거의 나중엔 여주인공에게 더 애정을 가지고 쓰고, 더 많이 할애가 됐던 거 같아요. 제가 그때에 의식한 건 아니지만, 지금 소위 말하는 페미니즘, 지금도 이런 데 대해 이론적으로 잘 모릅니다만, 그런 꼬투리가 거기에도 있었어요. 오빠하고 저하고 있다가 오빠를 잃었는데, 많은 식구들 중에서도 공교롭게 잃은 사람이 다 남자였어요. 그럴 때 남자들이 다 죽고 여자들이 살아남은 데 대한 어떤 이상한 시선 같은 걸 사람들로부터 받게 되고……. 사실은 그로 인한 여주인공의 일그러진 정신세계 같은 걸 쭉 끌고 나갔는데, 그것이 그 뿌리를 캐 올라가면, 자기애가 굉장히 강한 주인공이 자기하고 엄마하고 살아남았을 때 엄마가 자기가 살아남은 걸 보고 "집안이 바로 되려면 네가 죽고 오빠들이 살아남았어야 했는데" 하는, 그리고 이런 때의 어떤 전율 같은 것, 그리고 그것이 쭉 그 여자의 정신세계를 심하게 일그러뜨리면서 거기서 다시 본연의 자기를 찾기까지의 과정 같은 것이 제가 아주 굵은 줄거리로 깔아놓은 건데, 사실은 그것이 아주 주의 깊게 읽혀지지는 않았다고 생각됩니다.

김경수 상징적으로는, 이미 사춘기 출발부터 반쯤 무너진 집, 그리고 다시 그 집을 헐어버리는 과정이 가부장제가 무너지는 과정과 그 속에서의 여성 인물의 자기 각성으로 보이기도 하는데요.

박완서 전 뭐, 그렇게까지 의식한 건 아니에요.

김경수 의외스러웠던 게 '나목'이라는 말인데요. 이게 실은 일본 명이 아닌가 싶은데, 우리의 경우 헐벗은 나무에 대한 명칭은 '나목'보다는 '낙목落木'이라고 기억하고 있거든요.

박완서 '나목'이라고 붙이면서 사전을 찾아봤는데도 나와 있지 않았어요. 흔하게 그냥 벌거벗은 나무, 고목하고는 다른 의미로, 나중에도 그런 얘기를 했지만, 그게 어쩌면 정말 일본에서 빌려온 뜻인지도 모르겠어요. 그 전에도 이걸 쓸까 말까, 첫 작품이고 하니까 이름 붙이는 데에도 참 신경이 많이 쓰였는데, 그냥 써봤을 때의 그 이미지 같은 것에도 굉장히 애착을 갖고 있었어요. 지금은 있는지 없는지 모르겠지만 그때는 사전에도 그게 없어서 쓸까 말까 했었는데, 시

『나목』의 표지에도 쓰인 박수근의 〈나무와 두 여인〉(1962)

어로는 그 말이 흔히 쓰였어요. 언어를 다듬는 시인들이 많이 쓰니까…… 하는 생각, 그리고 그것에 대한 애착을 버릴 수가 없었어요. '벌거벗은 나무' '헐벗은 나무' '겨울나무' '가을나무'래두 뭔가 소녀 취향 같은데, 그게 그냥 괜찮게 느껴졌어요. 소설에도 나옵니다만 박수근 씨 유작전에서 본 건데, '나목'이라는 이름은 아니고 '나무와 여인' 뭐, 이런 것이었는데 하나도 이파리를 단 나무가 없었어요. 나무 밑에 소녀가 있건 노인이 있건 나무에는 이파리가 없구…….

황도경 선생님께선 화가들과 인연이 깊으신가 봐요. 지금 말씀하신 박수근 화백도 그렇고, 이 거실 벽에도 그분의 그림이 걸려 있지만 김점선 화백과도 친하시다고 들었는데, 서로의 어떤 면이 통하는지, 외모상으로는 다분히 대조적이고 성격도 대조적일 것 같은데…….

박완서 제가 집을 또 하나 갖고 있어요. 어떻게 갖게 됐냐면…… 아주 오래전이죠. 다 아시는 거지만 남편이랑 아들이랑 잃기 전인데, 구리 쪽에 있는 촌인데 그냥 숲이 바라보이고 그 앞에 집이 있는데, 바로 마당에서 숲하고 연결되어 있는 것 같구 그래서 그냥 좋아서, 그리고 그때 살 수 있는 액수여서 그걸 샀어요. 그때 제 생각으로는 이건(아파트) 도시에 있는 거니까 우리 아들, 그땐 여자애들은 다 결혼시켰었으니까, 아들 장가보내고 나면 그 애한테 주고 남편하고 저하고 거기 가서 살려고 했어요. 노후엔 다들 왜, 시골 가서 사는 걸 꿈꾸잖아요. 너무 시골도 아니고, 마당이 아주 넓고 아주 좋아요.

그 전에도 그 동네에 인연이 있어요. 어떤 역사학자한테 한문도 배우러 다니고 그랬지요. 그 동네에 김점선 씨가 살았어요. 김점선 씨도 유명해지기 전이지요. 그러다가 그림 그리기도 좋고 넓은 뜰이 있으니까, 그리고 나는 어차피 아들 장가보내면 가야지 그런 거니까 김점선 씨가 거기서 살았죠. 제가 금세 가지지 않으니까 그 사람이 쭉 거기서 살았죠. 근래까지 살았어요. 지금은 딴 조각가가 들어와서 살고 있는데, 그런 사람 살기에 좋게 되어 있어요.

또 그 사람_{김점선}도 개성 사람이에요. 나도 개성이고.

"아무것도 안 하면서도 언젠가는
글을 쓸 것 같은 예감은 있었던 것 같아요"

황도경   선생님께서는 『나목』을 쓰시기 이전에는 소설을 쓰겠다는 생각을 안 하셨습니까?

박완서   학교 다닐 적에, 지금 세상 같질 않아서 참 책들을 많이 읽었어요. 공부는 뒷전으로 하고. 지금은 학생들이 못 그러잖아요. 그땐 그러고도 공부 곧잘 하고 대학 들어가고 그래서 상관이 없었어요. 쉬는 시간에도 이렇게 하구(책상 밑에 책을 숨겨놓고) 책을 읽는다든가. 그런 것도 어떤 끼겠죠. 그무렵에 문학에 연연하지 않고 그걸 썼다 뿐이지 글을 써야 한다는 생각이나 아무것도 안 하면서도 언젠가는 글을 쓸 것 같은 예감은 있었던 것 같아요. 『나목』에서도 다 못 털어놓은 거지만, 해방 후 몇 년 동안의 여러 가지 경험들, 때론 인간 이하의 모욕도 받게 되고, 요새로선 상상도 못할 어떤 빈궁의 밑바닥에 떨어져보기도 하고, 또는 너무나 견딜 수 없는 인간관계에 휩쓸린다든가 하면서 인간의 밑바닥 생활도 해보았어요. 그러다가 가령 너무 견딜 수 없는 사람을 만났다고 쳐요. 인간적인 모욕을 받았을 때 그걸 견딜 수 있게 해준 것도 언젠가는 당신 같은 사람을 한번 그려보겠다 하는 복수심 같은 거죠. 그것이 기질이 아니었나 싶어요. 돈 꾸러 가서 안 꿔주면 나중에 부자가 돼서 보자 하는 생각을 갖게 되고, 또 그것이 부자가 되게 하는 한 원인이 되는 경우도 있잖아요. 인간으로서의 최소한의 자존심도 지킬 수 없는 궁지에 몰렸을 때도, 거기서 구원이 됐던 건 내가 언젠가는 저런 인간을 소설로 한번 써야지 하는, 학교 다닐 때의 단순한 문학 애호가로서의 그것과는 다른 어떤 생각이었어요. 불행의 제일 밑바닥에서도 그것이

불행감을 조금 덜어주고 그래서 아주 뼛속까지 불행하지는 않았던 것 같아요. 그때도 거기에서 내가 짓눌리지 않고 나를 그 속에서도 객관화시켜 바라볼 수 있었다는 게 참 중요한 일이었던 것 같고. 그 대신 그 이후에는 굉장히 평탄한 생활을 했죠. 소위 일가친척에서나 우리 친정들이나 만족스러워할 만큼, 그렇다고 아주 잘산다든가 하는 건 아니었지만, 그냥 애들도 잘 자라면서 편안하고 소위 팔자 좋은 생활이 계속됐죠. 그런데 그때도 마음속까지 행복한 것 같지는 않았고 뭔가 이게 아닌데 싶었어요. 이것만으로는 내가 사는 보람을 못 느끼겠다 하는 이런 생각도 글에 대한 욕구가 아니었나 싶어요. 내가 뚜렷이 의식은 못했어도 초기 작품 중에, 요새 전집이다 뭐다 해서 초기 작품들을 좀 읽게 되는데, 읽어보면 전혀 나하고 다른 상황을 설정했더라도 "이게 아닌데" 하는 말이 참 많이 나와요. 편안했을 때 내 의식의 어떤 반영이 아니었던가 싶어요.

황도경 마흔이 되어 등단을 하셨기 때문에, 만일 문학에 대한 꿈을 구체적으로 갖고 계셨다면 조금은 초조하셨을 것 같은데요.

박완서 그렇죠. 요새 같은 가족 상황에서는 그럴 수도 있겠구, 더 먼저 나올 수도 있었겠죠. 그런데 제가 무지막지하게 5남매를 낳지 않았습니까? 보문동의 예전 한옥에서 5남매에 위로는 시부모님 모시고, 밑에 사람도 거느리고 하는 상황에서 도대체 다른 어떤 일을 갖겠다는 게 구체화될 수가 없었어요. 아이들은 2년 터울로 다섯이고, 그 잃은 아들애가 국민학교_{초등학교} 들어간 해에 제가 그걸 썼습니다. 우리 딸애들도 아이가 하나인 애, 둘인 애 그런데 어떻게 밥을 해 먹구 사나 싶어요. 애들이 그땐 몰랐는데 지금은 엄마를 평가해주게 된대요. 다른 건 몰라도 아이 다섯을 키웠다는 건 위대한 일이라구. 하지만 나로서는 그 나이가 굉장히 자연스런 나이입니다. 늦은 나이도 아니고 이른 나이도 아니고.

황도경   글 쓰시기 이전에 혹시 한말숙 선생님이나 다른 동기들이 놀러 오거나 하면 질투가 난다거나 하지는 않으셨어요?

박완서   아니, 안 그랬어요. 전혀.

"자꾸 자기 작품을 고치는 작가도 있지만,
그대로 남겨두고 싶은 마음이 있더라구요.
어떤 자기의 궤적같이"

김경수   『나목』의 여주인공의 경우에서도 얘기하셨듯이 선생님께서 사춘기 시절에 겪어야 했던 여러 가지 경험들이 인물의 의식의 뿌리 같은 것들로 자리 잡고 있는데, 그 이후 소설에서도 그런 측면들을 계속 염두에 두고 글을 쓰셨는지요? 제 생각으론 그런 점이 『미망』까지 이어져온 것으로 생각되어서 그렇습니다. 단편들에선 남편에 대한 어떤 불만들, 말하자면 고리타분한 남편, 집밖에 모르는 남편에 대한 원망 같은 것으로 나타나기도 해요. 『나목』의 여주인공의 삶과 견줄 수 있을 만한 게 전 『미망』의 태임이라고 생각되는데 그런 것들은 지금까지 견지해오고 계신 건지, 아니면 무의식중에 드러난 유사성인지요?

박완서 아까도 말했지만 요새 옛날 작품들을 몇 개 읽어보는데, 가장 잘 읽어보게 되는 게 이상하게 『나목』이에요. 그건 자의 반 타의 반으로 읽게 됐어요. 하도 철없이 쓴 거구 해서. 다시 리바이벌할 때 고쳐볼까 하는 마음도 있었어요. 그런데 자꾸 자기 작품을 고치는 작가도 있지만, 그것도 성격인 것 같아요. 그대로 남겨두고 싶은 마음이 있더라구요. 어떤 자기의 궤적같이. 그런데 요새 다시 읽으면서 처음에 읽을 때보다 객관성 같은 것도 생기고 해서인지 자신의 무의식을 볼 적도 많아요. 나는 내 작품을 평론가가 평한 것을 찾아보는 편은 아니지만, 좀 엉뚱한 평론을 볼 때에도 화가 난다기보다 '아, 이것도 읽는 방법의 하나겠다' 하는 생각도 들고, 그러면서 이것이 나의 무의식일지도 모른다, 이런 생각을 할 적도 있어요. 물론 이건 전혀 아닌데…… 하면서 아주 싫은 것도 있어요. 이럴 때는 나의 글쓰기 방법에 대해 반성 같은 걸 하죠.

『나목』 읽은 얘기를 하다 빗나갔습니다만, 내가 비평가로서 『나목』을 읽었을 때는 이런 평도 나올 수 있겠구나, 그것이 나의 무의식이 아니었던가, 그런 생각과 함께 나의 무의식을 거기서 많이 봐요. 요전에 성사는 안 됐습니다만 어떤 젊은 여성학 하는 사람이 여성주의 문학의 표본 같은 거라고 하면서 제 단편을 몇 개 뽑아가지고 자기가 강의할 적에 쓰기 위해 책을 묶고 싶다고 가져온 걸 보고, 내가 『그대 아직도 꿈꾸고 있는가』를 쓰고 나서 소위 페미니즘 논쟁에 말려들 때하곤 전혀 다른 느낌을 가졌지요. 제일 초기 작품 중에 「어떤 나들이」라는 게 있습니다. 그것이 제게 인상적으로 남아 있는 건 『나목』을 쓰고 난 후 처음으로 원고 청탁 받아서 쓴 것이기 때문인데, 그것에서부터 되어 있더라구요. 기분이 나빴다는 게 아니구, 그냥 그런 것이 일관된 제 끼가 아니었던가 생각을 해요.

김경수 　『그대 아직도 꿈꾸고 있는가』 같은 작품은 다분히 의도적으로 쓰신 것 같은데, 선생님 생각은 어떻습니까?

박완서 　무슨 의도요?

"저는 이념이 먼저인 작가는 아닙니다.
사람이 사람을 억압하는 사회가 싫은 거죠"

김경수   남녀 성의 대결이랄까, 말이 이상하지만 그런 것이 좀 작위
         적인 것으로 보여서요.

박완서   제가 어디서도 밝혔는데, 물론 작가야 어디에 쓰든지 문학
         의 이름으로 쓰는 건 문학의 이름으로 책임을 져야겠지만,
         앉아 있는 자리가 이를테면 〈여성신문〉이었고 그래서 그
         랬었겠지요. 저는 이념이 먼저인 작가는 아닙니다. 날 자꾸
         페미니즘 쪽으로 몰아가는 것 같은데…… 억지로 무슨 주
         의를 붙이자면 난 그냥 자유민주주의자예요. 개인주의자
         구, 그냥 소박한 민주주의 개념 있잖습니까? 자기가 이 사
         회에 필요한 무슨 일을 하고 있으면 항상 떳떳할 필요가 있
         고, 자기 일을 남에게 존중받고 싶고 남에게 대접받고 싶은
         것만큼 남에게 대접하는 게 옳고, 남에게 당하기 싫으면 남
         한테 그러지 않는다든가 하는 아주 기본적인 개념 있잖아
         요. 평등 개념이라고 할까. 우리 민족의 뿌리 깊은 거지만.
         어떻게 보면 난 좋은 의미의 개인주의자라고 생각해요. 내
         가 중하니까 남도 중한 거지, 전체를 위해서 나 개인을 희
         생하고 싶은 생각도 없고, 그런 소박한 민주주의 개념이 남
         자와 여자 사이라고 차별이 있어서는 안 된다는 정도의 생

각밖에 전 없습니다. 여자도 그런 기본적인 인간 대우를 받아야 하고 차별을 받지 않아야 한다 이거지 어떤 굉장한 이론을 갖고 있는 것도 아니고. 사람이 사람을 억압하는 사회가 싫은 거죠. 남자가 여자를 억압하는 사회도 싫고, 여자가 남자를 억압하는 사회도 싫어요.

황도경　계속해서 여성과 남성의 문제를 얘기하고 있는데 가령 "남의 불행을 고명으로 해야 더 고습다"라든지 하는 표현은 여성 작가에게서만 가능한 표현이 아닌가 하는 생각이 들어요. 또 「저문 날의 삽화 5」에 보면 아이의 이빨이 처음 나왔을 때 그걸 "분홍색 언덕 위에 양 두 마리가 놀고 있는 것 같다"라고 얘기하는 할머니의 대사와 "밥풀이 두 개 붙어 있는 줄 알았다"라는 할아버지의 대사가 대조적으로 이어지고 있는데, 여성과 남성의 문제 혹은 여성 작가와 남성 작가의 차이 같은 것은 이처럼 지각하는 방법이나 표현 자체에서 찾아야 하지 않을까 생각되는데요.

박완서　나는 차이는 인정을 해요. 차별받고 싶지 않다는 거죠. 개인에게도 차이가 있는 거고.

김경수　남녀 문제에 매달리는 게 아니고, 저는 사람 사는 데 있어서 사춘기가 가장 중요하다고 생각합니다. 예전에는 사춘기를 넘기는 제도적인 통과의례의 장이 마련되어 있었는데 현대 사회는 그렇지 못해서 그로 인한 폐해가 있고 또 심각하다고 생각하기 때문이죠. 하지만 현대에 있어서도 남자의 경우에는 군대라는 게 있고 더러는 운동권에 휩쓸리기도 하고 반항도 하게 되는데 여자에게는 그런 게 전혀 없거든요. 그래서 가끔 사회면에서 안정된 직업을 가진 남편과 별문제 없는 자식을 가진 삼십대 주부가 자살하는 걸 보게 되죠. 잘 자라서 부모가 가라는 학교 가고, 선보고 괜찮은 집안이니까 결혼해서 애 낳고, 이런 게 결국은 허황된 삶이라는 거죠. 이 점에서 사춘기가 정말 중요하다고 생각되고, 특히 여성 작가들 경우에 이것을 어떻게 넘을까 하는 데 대해서 의문이 많습니다. 여성문학을 공부하면서도 그 통과의례의 시기를 어떻게 넘어가는가, 비로소 부모들로부터 떨어져서 개별적인 자기, 성적인 혹은 정신적인 자기를 어떻게 알게 되는가 하는 데 관심이 많아서 드린 말씀입니다.

박완서 사실은 남자나 여자나 '나는 무엇인가' 하는 데 대한 욕구나 보람을 갖고 살고 싶은 욕구는 인간의 기본적인 욕구라는 생각이 들어요. 여자에게는 그걸 개발할 기회를 안 주고 행복의 조건을 미리 만들어줘서 그 궤도를 가게 하죠. 그런데 그것을 순조롭게 가는 여자가, 나도 많이 그랬는데, 딴 무슨 좌절을 겪은 것도 아닌데 이게 아니다 싶고, 어떤 본질적인 충족감이 안 오고 그러죠.

황도경　그런데 남녀 문제를 다루는 작품에서 여자는 정말 괜찮은
　　　　여자로, 그리고 남자는 그렇지 않은 쪽으로 몰아간다는 생
　　　　각이 들어요.

박완서　그래요. 미안합니다.(웃음)

황도경　가령 『그대 아직도 꿈꾸고 있는가』 같은 작품은 베스트셀
　　　　러이기도 하고 TV에 드라마도 되고 해서 많은 사람이 읽었
　　　　거든요. 그래서 여성 문제를 그 작품과 결부시켜 얘기하려
　　　　는 경향도 많았고. 그런데 그 작품에 나오는 남자는 너무나
　　　　남성 우월적이고 보수적인 가치에 사로잡혀서…….

김경수　그게 아마 보편적인 경우일 거예요. 저까지 포함해서 머릿속
　　　　으로는 아니라고 부정하지만 심정적으로는 안 그럴 거예요.

"더 슬기롭고 표독스럽지 않으면 안 돼요.
달래지 않아도 주는 사람은 없어요"

황도경　글쎄요. 저는 그 남자 주인공이 보편적인 우리 주변의 남자
　　　　라고 생각되지 않는데……. 아무튼 처음부터 여자 쪽에 점

수를 더 준 상태, 그러니까 승패가 미리 결정된 상태에서 출발하고 있다는 느낌이 들었는데요. 보통 다른 면에서는 착하고 상식적인 사람인데 남녀 혹은 부부간의 문제, 시댁이나 처가의 문제에 있어서는 완전히 막히는 그런 남자들이 더 보편적인 경우가 아닌가 하는 생각이 들고, 그 남자 주인공은 남성으로서뿐 아니라 우선 인간으로서 문제가 있는 것 같지 않습니까? 그래서 그런 남자를 대상으로 남녀의 문제를 그려나가는 것이 설득력이나 문학적 효과를 약화시키고 있다는 생각이 들었는데…….

박완서 나는 그냥 두 남녀를 보편적인 보통의 남녀로 만들었다가 여자가 깨어나는 어떤 계기를 만들려고…… 사실 기득권을 쥔 쪽은 깨어날 필요가 없는 거구요. 남자가 기득권자인 건 확실하잖습니까? 그 점은 정권의 관계하고도 참 비슷한 것 같습니다. 우리의 경우 절대로 정권을 쥔 쪽이 그냥 내놓는 법은 없었잖습니까? 결국 빼앗지 않으면 안 되고. 그러려면 조금은 더 슬기롭고 표독스럽지 않으면 안 돼요. 달래지 않아도 주는 사람은 없어요.

황도경 아까도 조금 언급이 됐었지만 저는 다른 방향에서 얘기를 하고 싶은데, 선생님 문학에는 아버지와 오빠를 잃었던 개인적인 상처가 구체적으로 드러나기도 하고 혹은 배경으로 깔리거나 하면서 현실적 경험이 문학적 경험이나 문학적 현실에 직접 맞닿아 있다는 느낌이 강하지요. 게다가 최근에 선생님께서 겪으셨던 일들을 전해 들으면서 다시 문학적 현실이 실제 현실로 이어지는 것 같은 어떤 섬뜩한 생각이 들고, 아버지와 오빠로 대표되는 남성의 부재라는 것이 선생님에게 뭔가 운명적인 것처럼 여겨지기도 했습니다. 그런데 그런 '남성의 부재'라는 것은 선생님 개인에게뿐 아니라 우리 근현대사의 흐름 자체가 갖는 보편적인 성격의 하나가 아닌가 생각되는데요. 가령 『미망』에서도 할아버지에서 아버지로 가계가 이어지질 않고 아버지 세대가 빠지면서 그것도 손주가 아닌 손녀로, 뭔가 정통적이 아닌 방향으로 이어지거든요. 아버지라는 존재가 등장해도 미약하게 나타나 있고, 그렇다고 아버지를 찾으려는 어떤 노력이 보이는 것도 아니고. 그런 것에 대해 어떤 의식을 갖고 계신지…… 선생님 문학에 있어서 아버지라는 존재가 갖는 의미랄까, 이런 것에 대해 좀 얘기를 해주세요.

박완서   글쎄, 어떻게 보면 정확한 지적인 것도 같고. 그게 내 작품 모두에 일관되어 있다는 데 대해 저도 놀랐거든요. 저에게 아버지 경험이 없다는 게 그렇게 나타난 게 아닌가 싶네요. 제가 세 살 적에 아버지를 잃었거든요. 그랬는데도 인생을 살면서 아버지에 대해서는…… 아까 그 아이(외손녀)도, 제가 얼마 전에 회갑이 돼서 미국에 있던 딸애가 아이를 데리고 왔거든요. 이왕 온 김에 애기도 낳고 가라고. 저희 아빠 안 오고 애만 데리고 왔는데 애가 툭하면 "아빠 아빠" 하고 울어요. 잠깐인데. 그렇다고 "그럼 너 엄마는 여기 두고 아빠한테 가라" 그러면 싫다고 하지만. 그런데 저로서는 아빠를 그리워했던 경험이 없어요. 우리도, 아빠만 없었지 작은아빠니 숙부니 다 있었는데. 물론 어머니가 너무 의식하고 엄하게 했고, 뭐랄까 자기가 엄마·아빠 역할을 다 해야 된다는 생각을 하셨을 거예요. 그게 저한테는 강함 엄마상으로 비쳤겠죠. 그리고 우리 어머니가 3남 2녀를 낳으셨는데, 살아 있던 오빠가 제일 위고 내가 맨 꼬맹이고 중간 남매들을 다 잃었기 때문에, 다른 남매하고는 달리 아주 연령차가 많았어요. 예전에는 또 남성이란 좀 조숙해서 자기 아버지가 없을 때는 그 대역을 맡았죠. 그래서 오빠가 울타리 같은 역할을 튼튼하게 해주고 해서인지 아버지가 계셨으면 하는 그리움 같은 건 없었어요. 어떻게 보면 그리움도 없었다는 건 전혀 나에게 아버지가 없었다는 것도 되는 게 아닌가 싶어요. 그런 아버지 상실, 그리고 아빠를 대신했던 오빠의 상실이 그때의 시대 상황에서는 모든 사람들에게 보편적이었죠. 지금이야 상상할 수도 없지만 웬만한 집의 기둥들치고 납치를 당했다거나 군인을 나갔다거나 학살을 당했다거나 폭격을 맞았다거나 해서 하나둘 안 상한 사람이 없었죠. 특히 외아들이라거나 중요한 사람들인 경우의 상실감, 그리고 그때 그 여자들의 강인함 같은 것, 그런 것들이 저에게 미친 영향이겠죠. 글쎄, 안 그런 소설도 많은데 이거 큰일 났네.(웃음)

황도경　『그 가을의 사흘 동안』 창작선은 선생님께서 묶으셨나요?

박완서　네.

황도경　그 작품집에 보면 자식들이 아닌 친정엄마가 다친 것에 대해 안도를 한다든지 「그 가을의 사흘 동안」의 여의사가 아이를 유산시키는 행위에 대한 묘사 같은 것이 나오는데, 저는 그런 것이 참 흥미롭고 소중하다고 생각합니다. 예를 들어 사고 난 사람이 자기 남편이나 자식들이 아니고 친정엄마라는 데서 오는 순간적인 안도감 같은 것이라든지 걱정보다 더 앞서는 생리적인 졸음, 그래서 숙면을 취하고는 슬픔을 가장한 채 병원으로 허겁지겁 달려간다든지 하는 것 등은 도덕적인 판단 이전에 우리 안에 엄연하게 공존하는 현상이지요. 그런데 사실 이제까지 이런 상호 모순적이고 이중적인, 어떻게 보면 비도덕적으로 보이는 측면들이 잘 그려지지 않았거든요.

박완서   아, 사실 벗기고 보면 누구에게나 다 공통적인 감정인 것
        같아요, 그런 거는.

"'사람이란 무엇인가'의 탐구가
꼭 무슨 도덕적인 결말을
의미하는 건 아니지요"

김경수   「저문 날의 삽화」에서도 보면 노인들이 관대해야 한다는
        당위는 느끼면서도 한 곳에서는 계속 학대하고 싶은 마음
        도 드러나곤 하죠.

박완서   사실 또 인간이라는 게 이중성만 가진 건 아니잖아요. 이중
        성이 아니라 몇 중성, 어떻게 보면 '사람이란 무엇인가'의
        탐구가 꼭 무슨 도덕적인 결말을 의미하는 건 아니지요. 아
        무리 악인을 그렸다고 해도 문자로 된 것 중에는 그 밑바닥
        에 악으로 이름 붙일 수 없는 것이 많지요. 읽으면 뭔가 조
        금이라도 인간 심성이 나아지게 하는 데 이바지, 이바지라
        면 뭔가 도덕적으로 들려 이상하지만, 될 수 있으면 설교를
        피하고도 도덕적인 데에는 이바지하는 게 있는 것이 좋죠.
        또 그래야 한다고 생각을 하고요.

황도경   영어로 쓰인 작품인데, 한 여자가 남편이 죽었다는 소식을

듣고는 사람들의 위안을 받으면서 자기 방으로 들어가게 되고, 거기서 그 놀람과 슬픔 속에서도 뭔지 모를 해방감을 느끼게 돼요. 그러다 다시 그 소식이 잘못된 것이었다는 전 갈을 받는데, 그 충격에 오히려 졸도한다는 이야기를 읽은 적이 있습니다. 남자들이 들으면 글쎄, 어떻게 해석할지 모르지만 그런 순간적인 해방감과 희열 또 좌절감 같은 것은 정말 거의 동시적으로 있는 것이 사실이거든요.

박완서 남자들에게는 그런 얘기가 얼마나 많아요? 아내가 죽었을 때 화장실에 가서 웃는다는 얘기가 좀 많습니까? 아내의 관을 가지고 나가는데 관을 잘못 가지고 나와서 벽에 탁 부딪쳐서 아내가 살았답니다. 그래서 또 몇 년을 같이 잘 살고 나서 다시 아내가 죽었는데, 관을 가지고 나가는데 부딪치지 않게 잘 가지고 나가라고 했다는 얘기도 있고.(웃음) 사람은 서로 매여 있고, 사랑하는 사람들 사이에서도 그렇고, 또 그 반대로 자기가 굉장히 증오하던 사람이 없어졌을 때도 허전하고 그러죠. 인간이란 게 그렇게 복잡한 거고. 그러니까 인간에게만 문학이 있는 거 아니에요? 다른 동물에게는 이중성, 삼중성이 없으니까.

황도경 「엄마의 말뚝 1」을 보면 개성에서 서울로 삶의 근거지가 옮겨 오게 되는 과정이 그려지고 있습니다. 그런 이동은 시골에서 서울로, 변두리에서 중심으로, 그리고 가파른 고갯길을 오르기로 상징되는, 뭔가 아래에서 위로의 움직임이기도 한 것 같고, 전근대적인 것에서 근대적인 것으로, 자연적인 삶에서 문화적인 삶으로, 이런 여러 가지의 가치가 이동해가는 지점인 것도 같은데, 이 두 가지, 어떻게 보면 서로 대조적이고 모순적인 두 질서가 선생님 문학에 공존하고 있는 것 같습니다. 표면적으로는 도시적인 성격을 보이고 있으면서 그 밑바탕에는 도시적 부정성과 대응되는 긍정적인 항으로 시골, 개성이 상징하는 것이 놓여 있는 것 같고. 그리고 그 작품에서 보면 '대처'가 갖는 의미 자체도 양가적으로 보이거든요. 한편으로는 굉장히 유혹적이고, 그러면서 다른 한편으로는 두렵고. 이것은 선생님 작품 여기저기에서 자주 나오는 화경火鏡의 이미지와도 통하는 것 같아요. 그것은 한편으로는 신기하게 번쩍거리면서 굉장히 유혹적이지만 또 한편으로는 불을 일으켜서 뭔가를 다 태워버릴 수도 있는 물체로 묘사가 되죠.

박완서   이렇게 얘기하면서 깨닫는 게 많아요. 난 유리를 본 것이 개성에서 처음이었다고 어디에도 썼었는데 지금 생각하니까 화경이 더 먼저인 것 같네요. 내게는 화경의 인상이 굉장해요. 지금 생각하니까 그걸 갖고 불을 일으키고 또 그걸 갖고 무슨 사고도 저지른 것 같아요.

황도경   무슨 헛간을 태웠다고 작품 속에 나오곤 하죠?

박완서   시골 사람들은, 지금도 그런지 모르지만 불장난하는 애한테 밤에 오줌 싼다고 그러는데, 그 어떤 짜릿짜릿한 느낌하고 오줌 싼다는 거하고 잘 연결되는 것 같더라구요.

"가보면 내가 지금 갖고 있는 건 상실하게 되는 거죠"

황도경   화경이라는 것 자체가 이중적인 측면을 가진 것으로 묘사돼서 대처의 이미지와 잘 연결되는 것 같아요. 특히 "그 무시무시한 걸 양쪽 눈에다 붙인 외삼촌"을 보면서 그것이 너무 번쩍거려서 그 속의 눈을 볼 수 없었다고 주인공의 말을 통해 쓰셨는데, 뭔가 속 깊이를 잘 드러내지 않고 참된 것을 차단시키는 속성들이 대처가 갖는 부정적 측면과 잘 이어진다고 생각됩니다. 아무튼 이런 여러 가지 이중성 혹은 상호 모순되는 것들이 선생님 작품 속에 공존하고 있고, 선생님은 그 언저리에 걸쳐 계시다가 원래의 근거지로 돌아가려는 경향이 최근 들어 표면화되고 구체화되고 있다는 생각도 듭니다. 가령 『미망』이나 「저문 날의 삽화」 같은 것들은 「엄마의 말뚝 1」에 나타났던 움직임을 거꾸로 돌리는 것같이 생각되거든요. 말을 붙이자면 '개성으로 돌아가기'

의 작업을 하고 계신 것 같은데…….

박완서　엄마의 영향이라는 게 저에게는 절대적이에요. 어머니는 마소는 어디로 보내고 사람은 서울로 보내라는 걸 아주 신봉하신 분이죠. 현대 의학의 혜택을 못 받아서 과부가 됐다고 생각하시는 분인데, 그러면서도 서울에 와서 겨우 말뚝 박은 데가 현저동 꼭대기였어요. 이상하게 이런 데는 이렇게 변했는데도 그 동네는 아직도 가보면 가파르고 참 힘든 동네예요. 그런데 엄마가 가지고 있던 말뚝이 이중적이에요. 자식을 시골에서 학교 보내지 않으려고 부잣집도 아닌데 서울로 데려오고, 현저동 꼭대기에 살면서도 또 좋은 학교로 보내고…… 지금의 강남 엄마들이 하는 짓을 그때 우리 어머니가 하셨죠. 어떻게 생각하면 앞을 내다본 것도 같고, 극성맞게 자식들을 어떡하든지 서울의 중심부, 지금으로 생각하면 엘리트로 밀어 올려야겠다는 의식이 강하면서도 또 하나 뭔가 도시적인 것, 얄팍함, 천박한 것에 부닥쳤을 때는 항상 "상것들" "저런 것들하고는 상종을 하지 마라" "바닥 상것" 이런 말들을 많이 하셨어요. 우리 어머니의 '상것'의 기준은 뭔지 난 지금도 확실치 않은데, 엄마 나름의 어떤 자가 있었겠지요. 거기에서의 옛날 인정, 양반스러움이 남아 있는 마을 공동체, 이런 데 대한 향수가 거기 것이 세상에서 제일인 것처럼 만들었죠. 그리고 거길 갈 수 없게 되자 더하고. 그러니까 의식의 말뚝은 거기 박혀 있고 현실의 말뚝은 서울에 있고, 그건 어머니 본인은 의식하지 않으신 것이지만, 도시적인 생활을 하면서도 심성 속에서는 시골 것을 굉장하게 여기셨어요. 우리 어머니는 사람을 양반, 상놈으로 잘 갈랐는데, 시골에서 우리가 양반 행세를 했다든가 한 게 아니라, 아무튼 근본이 있는 집, 근지가 있는 집이었다는 거죠. 우리 어머니는 "근지"라고 그랬어요. 사전에 찾아봐도 그게 없더라구요. 그래서 난 '근본'이라고도 쓰고 '근거'라고도 쓰는데, 내가 '근지'라고 쓰면 교정에서 '근거'로 만들어버리고 하더라구요. 그런데 우리 어머니는 항시 "누구는 근지 있는 집 자식이다" "너희는 적어도 근지 있는 집 자식이다" 이런 말을 많이 하셨어요. 근지라는 것이 어떻게 보면 근본이라고 볼 수도 있고 긍지하고도 통하고 또 푸근한 인간애 같은 것이기도 하고, 이런 걸 여기서 잃는 걸 굉장히 싫어하고……. 난 사실 우리 어머니의 이런 이중적인 것을 싫어하고, 실지로 가능한 것도 아니고……. 거길 제일로 알면서도 나중엔 또 거기가 공산화가 되고 갈수 없는 고장이 되자 "얘, 거기에 늬들을 놔뒀으면 너희가뭐가 됐겠니?" 이러시고. 우리 어머니는 그런 몇 중의 고향을 갖고 있었죠. 거기가 이상향이면서도 또 공산 치하라는걸 무서워하는 것 있잖아요. 한편으로는 고향에 가보고 싶으면서도 말입니다. 저도 그래요. 저도 우리 어머니처럼 가

보고 싶은 마음하고 안 가보고 싶은 마음하고 복합적이에요. 가보면 내가 지금 갖고 있는 건 상실하게 되는 거죠.

김경수   개성 지역이 넓습니까?

박완서   읍 정도죠, 뭐. 서울도 그전에는 얼마나 좁았습니까? 소설에선가 어디에서도 썼었는데 내가 한 500년은 산 것 같아요. 그 마을에서 나서 그 마을에서 살다 돌아가신 우리 할머니에다 대면 전 500년이 아니라 한 1000년은 산 것 같아요. 나는 유리창을 개성에서 처음 봤어요. 그때 파란 정종병이라는 게 툇마루에 있었는데 그걸 굉장히 귀하게 여겼어요. 사금파리 같은 것도 시골에서는 줍기도 힘들었어요. 어쩌다 주우면 아주 귀한 놀이 도구가 되고, 화경 얘기도 했지만 그 후에 안경 쓴 사람을 보고, 그러다가 유리창을 개성에서 봤는데 유리로 창을 할 수 있다는 게 참 신기했죠. 그때로선 문화의 첨단 교통수단이었던 기차를 타고 서울에 와서 전차를 보고 또 지금의 격동하는 시절을 본다는 게, 어떻게 보면 요새니까 그렇지 그전으로 치면 1000년 안에도 그런 변화는 없었을 겁니다. 그때는 완전히 농경 사회였죠. 투박한 사기그릇 같은 것도 아주 귀하고, 우리 집은 좀 괜찮아서 그렇지 옆집만 가봐도 여자들은 바가지에다 그냥 밥을 먹었어요. 뚝배기, 오지그릇, 뭐 이런 거.

황도경 아까도 말씀드렸지만 『미망』은 이런 예스러움, 지나가버린 것, 개성적인 것으로의 돌아감이라는 작업이 보다 구체화된 경우라고 생각됩니다. 그런데 작품의 여자 주인공인 태임이의 성격이라든지 그녀가 몰락 양반의 후손인 이종상하고 결혼을 한다든지 하는 점에서 독자에게 『토지』를 연상시키는 점이 있다고 지적되고 있는데, 이런 점에 대해서는 작품 쓰시면서 특별한 염려를 하지는 않으셨는지요?

박완서 우리 개성 집안에서 내려오는, 내려온다면 이상하지만 우리 어머니, 숙부, 이런 사람들로부터 들은 전설이 있어요. 저는 어려서 떠났기 때문에 확실한 건 모르죠. 그런데 난 개성이라는 데 대해서 살려내보고 싶은, 좋아하는 기질이 많아요. 어른들의 입을 통해서 전해 들은 몇 개의 집안, 이런 몇 개의 집안 얘기를 모아서 복합해서 하나의 가계를 만들었어요. 우리 시골에서 한참 떨어진 데가, 그전에 내가 여우골이라고 그랬나 했는데 원이름은 '턱골'이에요. 거기에 나중에 불타서 잿더미만 남은 외딴 집이 하나 있었는데 거기를 다들 두려워했어요. 작품에서 태임이 엄마가 태남이를 낳은 그 비슷한 곳인데, 음침하고도 어린 마음에 굉장히 불결감을 주는 전설이 전해지고 있어요. 머슴하고 괜찮은 집 마나님하고 어떻게 하고 나중에 어떻게 해서 거기서 염병을 앓다 어떻게 되었다는 뭐, 그런 저주받은 어떤 가계에 대한 전설인데 어린 마음에 굉장히 강한 인상을 주었죠. 거기에 살이 붙고. 또 여러 거상들의 집안 이야기가 많이 전해 내려옵니다. 나는 아주 애착을 갖고 한 인간을 만들었는데 그 인물이 다른 작품의 인물과 비슷하다는 이야기를 지금 두 번째 듣네요. 또 누가 글로도 이런 뜻으로 쓴 모양이에요. 무슨 문학상 심사 같은 데서 이것이 거론이 됐는데, 이건 문제가 있다 뭐, 이렇게 났다고 그래요. '아, 그런가' 싶고. 내가 너무 마음이 좋은 건지 모르겠는데, 나의 독자적인 스토리가 있을 거 아닙니까? 그 독자적인 스토리를 만든 것은 나의 상상력이겠지만 그 근원이 되는 것은 어릴 때의 턱골이라는 동네나 거기에 얽힌 전설이지요. 어떤 부분에도 상상력으로 그린 부분이 있지만 아무튼 하나의 집의 이미지가 나에게 굉장히 강했죠. 그리고 어렸을 적 아주 순수할 적에 어른들을 통해 듣는 불륜의 사랑 이야기라는 건 굉장히 상처 같기도 하고, 사춘기까지도 뭔가 그 생각을 하면 몸서리쳐지는 게 있어요. 굉장히 차가운 여자, 아무도 거들떠보지 않던 얼음장 같던 그런 여자가 아주 무지랭이 같은 그런 남자하고 왜, 시골 사람들은 붙어먹었다고 하죠, 그런 전설이 제게 크게 인상적이었죠. 그래서 어떤 인간상을 만들었다고 그랬을 적에, 나는 의식하지 않았어도 『토지』를 읽었을 때의 그것이 거기에 무의식적으로 들어가지 않았다고, 내가 "전혀 아닙니다" 이렇게 말할 건 없는 것 같아요.

"어떤 인간 하나를 형성하는 데 있어서
완전히 이 세상에 없는 인간을
만들어내는 거 아니잖아요"

김경수   그건 쉽게 파악될 성질의 것은 아니지만, 여성 작가들의 경
              우엔 공통적인 현상으로 생각이 됩니다.

박완서   왜 여성 작가인 경우에 그렇다고 하세요?(웃음) 무엇을, 어
              떤 인간 하나를 형성하는 데 있어서 완전히 이 세상에 없는
              인간을 만들어내는 거 아니잖아요. 어떤 영웅을 하나 만들
              적에 자기가 읽은 어떤 영웅담에서 무의식적인 영향을 받
              는다든가 이런 건 얼마든지 있을 수 있는 것 같아요. 오히
              려 내가 그것을 의식했더라면 굉장히 다른 인간을 만들려
              고 애를 썼을 것 같아요. 더군다나 아주 딴 이야기니까. 난
              내 고향의 삶을 그리려고 했으니까, 누구하고 비슷한 걸 만
              든다는 건 꿈에도 생각하지 못했어요.

황도경   선생님께서는 『미망』으로 대한민국문학상과 이산문학상을
              수상하셨는데 당선 소감에서 마치 애물단지한테서 효도받
              는 느낌이 든다고 하셨더군요. 연재하시면서 도중에 겪으

셔야 했던 개인적인 아픔들 때문에 그런 말씀을 하신 것 같은데, 문학적으로 애물단지였는지, 선생님 마음에 흡족하게 진행이 되셨는지요?

박완서 모르겠어요. 다른 작가는 어떤지 몰라도 쓰면서 그렇게 흡족하다는 느낌이야 어디 그렇게 옵니까? 저는 내가 생각해도 매몰차다 싶을 만큼 미신적인 데 대해 꺼려 하는 것이 없어요. 거기에 흥미 있어 하는 사람도 많고 왜, 예감이라든가 이런 거 믿는 사람도 많고 한데도 전 전혀 그렇지 않거든요. 그런데도 이건 나중에 싫더라구요. '아, 이젠 더 이상 재기할 수 없을 정도다' 이런 생각으로 포기했다가 다시 쓰면서도 다시 쓰는 내 자신도 싫고요. 그 다시 쓰는 동안에 다시 무슨 일이 일어날 것 같은 느낌도 나고, 그래서 굉장히 빠르게 썼어요. 나는 어떤 작품과 닮았다는 생각은 꿈에도 안 했지만 이런 지적은 꼭 나오리라고 생각했는데, 그건 도리어 별로 언급되지 않는 것 같아요. 유지하던 속도가 콱 곤두박질쳤다고 생각해요. 그런데도 난 다시 손댈 맘도 없어요.

황도경 제 경우에는 작품 전반부에서는 사실 읽기가 힘들었어요. 어렵다고나 할까 뭔가 숨차고, 답답하다 싶을 정도로 뭔가 죄어오는 느낌도 있고 그랬는데 후반부로 가면서 읽는 것이 참 쉬워졌어요. 속도가 빨라지고. 그런데 전반부에 유지되어오던 어떤 무게감 같은 것, 신중함 같은 것들이 덜해지고 인물들이 서로 우연하게 만난다든지 하면서 사건이 뒤엉키는 감을 받았어요.

이제 가장 최근에 나온 작품집『저문 날의 삽화』에 실린 작품들에 대해 얘기해보죠.

김경수   이 작품집의 경우는 주로 노부부의 삶을 다루고 있는 것 같은데, 제가 앞서 자꾸 얘기했던 여성과 남성의 문제는 사라지고, 어떻게 말하면 섬뜩할 정도로 삶 속에 내재되어 있는 죽음의 묘한 예감 같은 것들이 가득한 것 같습니다. 저로서는 좋게 생각이 되는데, 사실 노년기 소설을 깊이 있게 쓰는 사람이 별로 없거든요. 노인분들에 대한 자잘한 관찰, 그들의 얘기에 관심을 갖게 된 특별한 계기랄까 생각이 있습니까?

박완서   『저문 날의 삽화』는 의도적으로 시점을 늙은, 저 비슷한, 아니 저 비슷한이 아니라, 여자를 주인공으로 했건 남자를 주인공으로 했건 그냥 나의 시점을 사용했다고 생각합니다. 그랬을 때의 편안함 때문에 그랬다고도 볼 수 있고 좀 안이한 생각도 있었는지 모르겠어요. 그러나 계속해서 그 시점으로 쓰겠다는 생각을 해보진 않았어요. 뭐, 어떤 거든지 쓸 수 있는 거지만……. 하지만 인생을 내 연령으로 보게 되는 것은 어쩔 수 없는 거 아니겠어요? 그건 뭐, 젊은 사람에 대해 쓰더라도 그렇죠. 그건 문장이 젊다든지 하는 문제하고는 다른 거라고 생각해요.

황도경   저는 그 작품집을 읽으면서 특히 세대 간의 갈등이 내재되어 있는 작품들의 경우 제가 신세대에 속해 있어서 그런지 몰라도 뭔가 답답했어요. 그 답답함이라는 것은 단순히 어떤 견해나 시각이 다르다는 데 기인한다기보다, 세대 간의 갈등을 다루면서도 그 갈등을 어떻게 넘어서야 하는가 하는 문제에 대해서는 별로 초점을 맞추지 않고 있어 단지 막막한 세대 간의 벽을 다시 확인하는 데서 끝나야 하는 것 때문에 오는 답답함이었던 것 같아요. 예를 들어 「저문 날의 삽화 1」의 경우 데려다 기른 영택이가 학생운동하는 것으로 되어 있는데, 이 경우 두 세대 간의 갈등에는 사회적·정치적 상황이 연결되어 있고 여기에 데려다 기른 아이라는 문제도 섞여 있지요. 그런데 이렇게 복잡하게 얽혀 있는 두 세대를 설정해놓고서도 그 갈등에 초점을 맞추기보다는 학생운동하는, 그것도 데려다 기른 아이를 가진 노부부의 심정 쪽으로 치우치면서 초점이 흐려지지 않았나 하는 생각이 들었거든요.

박완서   그것도 건국대에서 데모 났을 때 학생들이 얼굴이 새까맣
게 돼서 나오는 걸 보고 그때 겪은 갈등을 그대로 쓴 거예
요. 거기에 신부님도 나오는데 그때 교회에 대해 품었던 것
도 있고, 초점이 흐렸다고 했는데 내가 그리고 싶었던 것이
바로 그런 거였어요. 작중의 엄마도 자신의 어렸을 적 기억
하고 그 사건(건국대 사건)하고 연결시키는데, 그건 저의 어
렸을 때의 기억도 있어요. 엄마가 끔찍해하잖아요? 나쁜 사
람이라고 하면서, 자기가 엄마와 똑같은 짓을 손자한테 하
잖아요. 이런 것, 진상으로부터 아이들을 가려서 기르는
것, 그리고 그것을 다시 내가 되풀이할 수밖에 없는 것 같
은 것. 난 그때 참 뭔가 여러 가지 가족 상황에서도 힘들었
고, 그래서 종교란 무엇인가에 대해서도 참 많이 생각했었
죠. 너무 답답했고, 요새하고는 또 다른 상황에서 쓴 거예
요. 전 성당에 다니는데, 그땐 정말 뭔가를 기대하고 성당
에 가도 전혀 딴 얘기만 하고, 그러면서도 손자한테는 똑같
이 또……. 어쩌지 못하고 초점이 흐려지는 세대의 이야기
예요, 그냥.

황도경   「우황청심환」 같은 경우에도 사회주의와 거렁뱅이 근성을
동일시하는 노부부의 시점이 나오는데, 다분히 그들에 대
해 동정적으로 쓰신 것 같고 또 그런 시각들에 대해 전혀
비판적인 조짐도 보이지 않는 것 같아요. 작품 마지막에 가

서 학생운동하는 아이가 집을 나가 연락 없는 것 때문에 엄마가 우는 장면이 나오는데 이게 참 갑작스러워요. 그 전에는 아이에 대한 얘기도 없고 또 그 아이가 비어 있는 데 대해 가족들에게서 어떤 상처 같은 것도 별로 느껴지지 않거든요. 그러다가 서로 조금씩 삐걱거리던 부부끼리는 화해하고 뭐랄까 인간적인 유대감 같은 것을 찾는 것으로 작품이 끝나는데, 그래서 닫혀 있다고 할까, 그 세대끼리는 통하고 그 밑 세대는 전혀 이해될 수 없는 상대처럼 따로 떨어진 채로 그냥 남겨져 있어서 두 세대가 평행선으로만 있는 것 같아요.

박완서　실제 평행선으로 있지 않아요?

황도경　「저문 날의 삽화」나 「로얄박스」「소묘」「초대」 같은 작품에 나오는 여주인공들은 상당히 비주체적이고 비개성적인 인물로 보이는데요.

박완서　아까 평범한 부인이 자살하는 얘기도 했지만, 그런 심리 상태하고도 가까운 얘기죠. 겉으로는 혜택 받고 보호받는 여자들의 심리 상태죠. 뭔가 깨어 나와야 할 여자들이고.

황도경　그런데 그 초점이 깨어나야 할 여자들에게 맞춰져 있다기보다 그 주변 상황에 맞춰져 있거든요. 주인공들은 각기 '내가 도시적인 불모성에 사로잡혀 있다' '나는 피해자다' 이런 게 강한 것 같은데, 그녀 자체가 부정적인 측면을 갖고 있고 또 그에 대한 적극적인 반성이나 의식도 강하지 않은 것 같고, 그래서 그녀를 통해 그려진 사회의 부정적·위선적 측면들에 대해 독자로 하여금 타당한 문제의식을 불러일으키기가 좀 어렵지 않을까 생각되는데요. 과장된 느낌도 들고, 주인공 자체에 대해서 비판적인 시선이 더 보완돼야 하지 않았을까 싶어요. 주인공들이 '로얄박스'라는 용어 자체를 몰랐다든가 하수구 뚫는 도구를 몰랐다든가 하는 것들은 어떻게 생각하면 그 여자들을 도시적 불모성으로부터 분리시키려는…….

박완서 그렇지도 않아요. 그것이 쓰였던 연대를 생각해볼 필요도 있어요. 「로얄박스」는 80년대 초에 썼는데 정말 '로얄박스'라는 용어가 뭔지를 처음 알고 썼어요. 10년 전쯤만 해도 굉장히 옛날이에요. 지금은 아주 상투적으로 되어 있는 게 그때는 아주 새로운 거였구. 그때 아파트라는 데를 왔는데, 누가 "너희 로얄박스구나" 하는데 그게 무슨 오페라 구경 가서 앉는 무슨 좌석인 줄 알았어요. 지금으로 보면 '로얄박스'라는 말을 몰랐다는 게 조금 이상하죠.

황도경 그게 뭔가 위장된 것처럼 보이거든요. 뭔가 순진성을 위장하기 위한 것 같은…….

박완서 요새같이 급변하는 시대에 있어서는…… 그래도 심층의 흐름 같은 건 시대하고는 상관없다고 생각하지만, 요전에 『도시의 흉년』 이건 70년대 말에 쓴 건데 80년대 말에 TV에 방영됐습니다. 1975년에 그걸 쓸 적에 아무것도 없는 사람이 별안간 돈 버는 층을 어디다 설정했느냐 하면 광장시장서 장사하는 사람에다 두었습니다. 난 그걸 아주 꼼꼼하게 취재를 했고 또 몇 번이나 갔었고. 실은 우리 오빠가 6·25 때 그렇게 된 후 올케가 광장시장에서 장사를 했어요. 그래서 아주 괜찮게 살았었죠. 지금도 괜찮은 편입니다만, 북쪽에서 온 사람들이 맨손으로 와가지고 장사들을 잘하고, 난 그때 올케 친구들 집에서 처음 연탄 때는 보일러를 봤어요. 그때는 또 차를 굴린다는 게 굉장한 거였어요. 그런데 TV로 방영될 적에 제가 원작자라고 해서 광장시장에서 장사하는 사람들한테 아주 혼났었지요. 방송국에도 갔답니다. 여기에는 전화도 오고. 자기네들이 무슨 돈을 벌어서 벼락부자의 상을 자기네로 설정했느냐 그러면서요. 또 부인이 운전수하고 바람이 난다든가 이런 것 갖고도 그러고, 올케 친구들도 고모가 이럴 줄 몰랐다구. 드라마 만드는 사람이 조금만 센스가 있었으면 그 기본 정신은 그대로 놔두더라도 90년대의 벼락부자는 그냥 부동산 투기를 하는 걸로 해도 됐었을 텐데, 그런데 그대로 하니까 현시점에서는 리얼리티가 없어지는 거예요. 내가 아까 500년은 살았다고 얘기했는데, 한 10년 전도 회상하면 '아, 그때 그랬던가' 그럴 정도로 지금이 격동기 같아요.

황도경　「초대」라는 작품을 보면 여주인공이 외출하려고 하면 옷을 덜 입었다든가 양말을 더러 신었다든가 하는 꿈 이야기가 나오는데…….

박완서　그게 내 꿈이에요.

"작품을 만들 때 우리 집 식구들이
피해를 입을까 봐 얼른 그걸 피하려고
얼마나 애쓰는지 몰라요"

황도경　저도 그런 꿈을 굉장히 많이 꾸었거든요. 무언가 끝없이 뒤엉키는 듯한 느낌 같은……. 그런데 대학 시절 프로이트의 『꿈의 해석』 같은 책을 읽었는데 그 꿈이 억압된 성적 욕구니 뭐, 이런 비슷한 해석과 함께 나와 있었어요. 그런데 교수님께서 이런 건 우리 한국 사람들한테는 잘 맞지 않는 꿈인 것 같다고 하시면서 "우리는 이런 꿈 잘 안 꾸지?" 그러시더라고요. 그런데 전 그런 꿈을 너무나 많이 꿔서 제가 참 이상한 사람처럼 생각됐었는데, 거기서 그런 꿈이 나오니까 너무 반가웠어요.

선생님은 수필도 많이 쓰셨고 자전적 성격이 강한 작품도 많이 있는 것으로 보입니다. 해서 선생님 개인의 삶과 문학적인 삶의 경계가 모호한 것 같은데요.

박완서 사실은요, 물론 잡문을 쓸 때나 인터뷰할 때 잡혔다든가 하는 건 있어도 작품을 만들 때 가족 구성원이 비슷하다거나 이럴 때는 혹시라도 이것 때문에 우리 집 식구들이 피해를 입을까 봐 얼른 그걸 피하려고 얼마나 애쓰는지 몰라요. 『휘청거리는 오후』를 쓸 때, 거기에 딸 셋이 나오는데, 우리 집은 딸 넷에 아들 하나가 있어 다른데도 한창 그 나이들이 비슷해서 그 애들하고 정반대의 성격을 만들려고 애썼어요. 그런데도 애들 나름으로는 "이게 너 아니냐" 소리도 듣고 또 "그 집도 딸 많은데 큰딸 그 애가 그러우?" 하는 소리도 들었죠. 그러니까 추측한 거하고 전혀 다를 수도 있어요.

황도경 지금도 성당에 다니세요? 작품 속에는 오히려, 물론 어머니의 모습을 통해서지만 불교적인 쪽에 가까운 것 같은데 어떻게 해서 성당에 다니게 되셨나요?

박완서　자신에 대해서 가장 설명할 수 없는 부분이 그거예요. 성경의 몇 구절이라든가 성경을 통해서 예수그리스도는 이런 사람일 것이다 생각되었던 것, 사실 그건 기성 교회가 설하는 예수교의 진리라든가 예수그리스도의 엄숙한 상과는 전혀 다른 거지만 그것을 내가 좋아했다고 볼 수 있죠. 지금은 거의 믿음에 대해서 회의가 없어요. 회의는 없지만 어떤 종교의식, 열심히는 안 나가더라도 나가서 듣는 강론이나 기성 교단에서 말하는 교리, 이런 거와의 갈등은 많지요. 내 나름대로 이해하고 좋아하는 것이 있으니까 하고 나서 후회한 것도 있구요. 교회에서 설하는 기독교하고 내가 이해한 기독교하고 맞지 않아서 회의를 하거나 싫은 적도 있고, 또 안 나가면 가톨릭에서는 고백성사를 봐야 하는데 고백성사를 안 봐도 내 나름대로 가책을 안 받는다든가 하는 것도 있고, 그것은 내가 이해한 그리스도 안에서 내가 편안할 수 있었기 때문이라고 생각해요. 며칠 전에 피천득 선생하고 점심을 했는데, 그분도 가톨릭 영세를 받으셨다고 해서 "어떻게 하셨어요?"하니까 아름다워서 했다고 하셨는데 그게 되레 좋더라구요. 아름다워서 사랑하는 게 당연하다는 거죠. 어떤 여자를 사랑하는데 그 여자가 아름다워서 사랑했다는 게 맞지 그 여자가 진리이기 때문에 사랑한 건 아니잖아요. 내가 어떻게 편안한지 모르겠어요. 너무 억압하는 건 진리가 아닌 것 같애요. 사실 '진리가 너를 자유케 하나니' 그러면서도 진리의 이름으로 억압하는 게 너무 많거든요.

황도경   사실 저도 가톨릭 영세를 받았는데 그런 생각을 많이 하게 돼요. 혼자 좋아서 갖게 된 믿음과 교회라는 조직이 부딪칠 때 요구되는 신앙 형태는 참 다를 때가 많죠.

박완서   잘은 모르지만 구약의 그 숨 막히는 규율로부터 해방시키려고 그분이 오셨는데 신약을 또 그렇게 만들어서 사람을 속박하는 것 같아요. 그분은 참 자유로우신 분이었던 것 같아요. 이해하기 나름이지만. 맥주 한잔 하실래요? 음료수로 한잔하세요. 목마르지 않으세요?

황도경   술도 좀 하시는 편인가요?

박완서   전 많이 해요.(웃음)

황도경   하루 일과를 어떻게 보내세요?

박완서   새벽 한 4, 5시부터 아침 9, 10시까지 뭐를 쓴다든가 읽는다든가 그러구요, 낮에는 어디 나가기도 하고, 또 이런 일에 시달리기도 하고요.(웃음)

황도경   여행은 자주 다니십니까?

박완서   예. 금년에도 참 많이 다녔고. 거의 한 해도 거르지 않고 많
         이 다녔어요. 다닌 것 갖고 울궈먹거나 그러지는 않습니다.
         다닐 때는 더군다나 무심히 다니고 싶지 촉각을 곤두세우
         고 싶지는 않아요.

황도경   〈여성동아〉 문우 후배분들과는 자주 어울리십니까?

박완서   요새는 내가 많이 빠졌는데, 대개 한두 달에 한 번씩, 더울
         때 빼고 정기적으로 만나요. 자주 만나서 얘기를 하고 그러
         면 비슷한 공통점이 발견되기도 하구요. 물론 작품 세계가
         전혀 다르기도 하지요. 책도 몇 번 같이 내고 하니까 애정
         도 서로 많이 생깁니다.

"내가 한마디로 표현할 수 있으면
소설을 결코 쓰지 않겠죠"

황도경   후배 작가들이 조금만 이름이 나면 잡지도 많고 출판사도
         많아서 본의 아니게 양산을 하게 되는 경우가 많은데, 그런
         것에 대해 한 말씀 해주시죠.

박완서 대중적으로도 아주 재미있는 소재를 갖고 쓴 걸 봤어요. 아주 재미있고 특이한 소재를 갖고 썼는데, 그런데도 글의 문법이 안 돼 있었어요. 그건 문장이 참신하다는 것과는 다른데, 그런 건 참 아깝더라구요. 바르게 말하기, 그런 기초는 글 쓴 사람이 아니라도 누구에게나 필요한 것 같아요. 알아듣기 쉽게 말한다는 게 참 힘들어요. 소설이란 여러 사람하고 같이 공감하면서 쉽게 마음에 와닿도록, 삶의 모습으로 보여주기 위해서 쓰는 거예요. 어떤 소설이 하나 발표됐을 때 그걸 갖고 평론가가 너무 어렵게 쓰면, 물론 그거야 그 사람 영역이니까 거기 대해서 찬반을 말할 것도 못 되지만……. 내 자신이 어떤 걸 어렵게 말해야 하는 데에 부딪치는 게 난 싫어요. 내가 한마디로 표현할 수 있으면 소설을 결코 쓰지 않겠죠. 그것이 안 되니까 소설로 쓰는 거니까.

황도경 「무중」이라는 작품에 보면 쫓기는 사람이 둘 나오죠. 하나는 본부인을 비롯한 여러 가지한테, 그리고 다른 하나는 현상금이 걸려 쫓기는 몸인데, 오늘은 저희가 선생님께 본의 아니게 쫓는 사람이 된 것 같습니다. 아무쪼록 오랫동안 여러 가지 질문에 대답해주셔서 감사합니다.

그 가을의 하루 동안

사실은 이 글을 쓰면서 '소설가 박완서'에 대한 호칭을 어떻게 해야 할지 망설였다. '그녀'라고 하자니 이제 성별을 넘어 대가의 경지로 발돋움하는 소설가에 대한 예우가 아닌 것 같은 면이 있고, 평소대로 선생님이라고 하자니 글 속에서는 너무 낯간지러울 것 같았으며, 어떤 사람들처럼 '그이'라고 하자니 그 또한 널리 쓰이는 표현이 아닌지라 어색할 것 같았다. 고심한 끝에 나는 그저 평범하게 '그녀'라는 호칭을 쓰려고 생각했다. 그 이유는 뒤에 가서 이야기하기로 하고, 여하튼 대담을 위해 박완서 그녀와 마주

이 인터뷰는 1993년 10월 11일 이뤄졌고 계간 〈문학동네〉 창간 이전인 1993년 11월 부정기 간행물로 발행된 『문학동네』 제1호에 실렸다. 소설가 공지영은 1988년 〈창작과비평〉에 「동트는 새벽」을 발표하며 등단했고 1989년 첫 장편 『더 이상 아름다운 방황은 없다』로 본격 활동을 시작. 『무소의 뿔처럼 혼자서 가라』 『봉순이 언니』 『우리들의 행복한 시간』 『도가니』 등으로 큰 주목을 받으며 작품 활동을 이어가고 있다.

앉은 내 심정은 예사로울 수 없었다. 어린 시절 나는 당시에 이미 유명하던 그녀의 책들을 책가방 속에 넣고 다니면서 읽던 풋내기 독자였다. 문학을 공부하면서도 박완서의 소설은 내게 한 길잡이였다. 그랬는데 이제 내가 젊은 작가가 되어 역시 작가인 그녀와 마주 앉아 대담을 하게 된다고 생각하니 새삼 가슴이 뛰었고, 내 어린 시절의 책가방 속에 들어 있던 한 권의 책이 길러낸 인연이랄까, 그런 생각들이 들었기 때문이었다.

나는 언제나 그녀의 글을 대개는 두 번씩 읽는다. 처음에는 그저 재미가 있어서 내 나름의 속독으로 얼른 내용을 읽고 난 뒤에 다시 천천히 문장들을 곱씹으며 읽게 되는데, 그때마다 그 유려하고 반짝이고 거침없는, 있을 자리에 꼭 그 단어가 들어가 박히는 그 힘이 어디서 오는가 궁금했다. 대체 이 작가는 사십이 되어 겨우 데뷔를 할 때까지 이런 걸 표현하고 싶은 욕구를 어떻게 참았을까. 글쓰기에 대한 이런 질문에 그녀는 글 읽기에 대한 기억으로 대답을 시작했다.

"책이 없어서 우리가 묵는 방에
도배된 낡은 신문지를 보면서 시간을 보냈죠"

"어렸을 때는 그저 책 읽기를 좋아했어요. 시집을 간 후에는 애가 다섯이나 되는데 책 읽을 시간이 있겠어요? 게

다가 한옥집의 구조라는 게 눈만 돌리면 일거리죠. 게다가 시댁 어른, 또 방방이 연탄…… 그래도 책이 읽고 싶어서 가끔 잠을 줄였죠. 하지만 글을 쓴다거나 하기 위해 책상을 펴는 것은 상상도 할 수 없었죠. 그래도 꾸준히 책을 샀고 꾸준히 읽었어요. 그보다 더 젊었던 때도 그랬어요. 6·25 때는 이북 쪽으로 잠깐 피난 간 적이 있었는데 그때 들고 간 책이 없어서 우리가 묵는 방에 도배된 낡은 신문지를 보면서 시간을 보냈죠. 나중엔 짐 보따리를 놓고 올라가 천장에 도배된 신문까지 다 읽었어요."

그러면서도 그녀는 그때 글을 쓴다는 일은 아마 '꿈도 꾸어보지 않은' 듯하다. 그 세대의 보통 여성의 삶을 온종일 살았던 것이 전부였다고 한다. 하지만 그녀는 그러한 보통 주부의 삶을 후일 소설가가 된 이후에 자신의 가장 빛나는 자산으로 품게 되는데, 그건 그녀가 보통 주부면서 결코 보통으로 생각하거나 느끼지는 않았기 때문이다. 그녀는 이 세상에 대해 언제나 관심을 가지고 있었다. 내 부모, 내 남편, 내 새끼들로 표현되는, 흔히 살림만 하는 여성들이 뱅뱅 맴돌게 되는 관심사가 아니라 정치, 경제 그리고 문화 전반에 대해서.

그러던 그녀에게 불현듯 글을 쓰고 싶은 욕구가 찾아온다. 전쟁이 가족과 그녀의 청춘과 서울 거리를 휩쓸고 지나가던 날들, 누구나 그랬던 것처럼 자존심과 끼니를 바꾸어야 했던 그 시절에 본 박수근 화백의 이야기를 적고 싶었던 것이다. 그녀는 그래서 문방구에 가서 원고지를 사고 〈신동아〉지에서 공모하는 논픽션 마감일에 동그라미도 쳐놓았었다. 하지만 마감일은 다가오는데 원고는 진척되지 않았다. 더구나 그 이야기 속에서 박수근이라는 사람보다 더 주인공이 되고 싶어 하는 작가 자신을 느끼게 되었다. 추운 명동 거리를 종종거리며 걷던 젊은 날의 그녀를. 게다가 "남들은 잘도 잊고 용서하고 그러지만 그럴 수 없는 성격 때문에" 기억들은 생생하게 떠올랐다. 그때 명동 거리를 스쳐 지나던 바람의 냄새까지 기억해낼 수 있었다. 고심 끝에 주인공은 박수근 화백에서 '경아'로 바뀌었고, 그러자 펜에 날개가 달린 듯 글이 써졌다. 그리하여 글을 끝냈을 때, 그녀는 마침내 자신의 내부 속에 오래 웅크리고 있다가 마침내 기지개를 켜며 일어서는 소설가인 자신을 발견했다. 이렇게 태어난 작품이 바로 등단작 『나목』이다.

"나는 무의식적으로 지나치는 일이 별로 없어요.
뭐든 의식화해서 기억 속에 챙겨두죠"

그래서 나는 어쩌면 그녀의 가장 아픈 부분이자 우리 최근세사 중 가장 고통스러운 기억의 하나인, 그녀의 청춘에 피 냄새를 배게 한 6·25의 이야기를 좀 더 계속하기로 했다. 언제나 세상과 그 속악함에 대해 비판의 칼날을 늦추지 않는 이 작가의 의식에 원초적인 영향을 미친 사람은 누구일까. 그녀의 작품 속에 자주 등장해서 어느덧 우리들의 큰 오빠인 양 친숙해진 그녀의 오빠(박완서의 여러 소설에서 그는 비판적 지식인으로 비극적인 죽음을 맞는 인물로 나타나고 있다)는 어떨까. 이 질문에서 그녀는 잠시 대답을 멈추고 고개를 약간 갸웃했다. 그러고는 웃음을 터뜨리며 "오빠의 영향도 있었겠지만 나는 그런 의식을 타고났다는 생각이 든다"라고 대답했다. 만일 이 자신 있는 대답을 조무래기 작가인 내가 했다면 오만하게 들렸겠지만 그녀는 그렇지 않았다. 나는 오히려 그런 그녀에게 존경과 신뢰를 느꼈다.

"나는 무의식적으로 지나치는 일이 별로 없어요. 뭐든 의식화해서 기억 속에 챙겨두죠."

하지만 순간 나는 왠지 오싹해지는 기분을 느꼈다는 것을 고백해야겠다. 물론 그 순간 나를 지나가는 감정은 공포라거나 그런 것은 아니었다. 뭐랄까, 방금 표현했던 대로 '그녀 속에 오래 웅크리고 있던 너무도 소설가인 그녀'를 그 순간 느꼈다고나 할까. 그제야 나는 그녀의 소설들의 그 빛나는 묘사가 어디에서 오는지를 깨닫게 되었다. 개성 부근에서 뛰어놀던 여덟 살짜리 계집아이가 도시를 묘사한 그 느낌들이 어디서 오는지를 말이다. 도시는 처음에 그녀에게 "유리창에서 박살 나는 햇볕이 눈부신 빛의 덩어리"였다가 그다음에는 "자를 대고 그어놓은 것처럼 반듯한 질서"
였다가 그다음에는 그녀의 청춘을 암울하게 하는 전쟁터가
된다. 그 시절을 겪은 사람들이 모두 그런 기억을 갖지만
그걸 표현해낼 수 있는 사람은 많지 않다. 그러니 "타고났
다"라는 그녀의 말은 적확하리라.

그 말이 주는 느낌을 누그러뜨릴 마음이었는지 그녀는
우스갯소리를 했다. 얼마 전 유럽 문학 기행에서 찍어 온
사진들을 한 아름 받았는데 그 사진들을 들여다보자니 대
체 여기가 어딘지, 이 사람들은 누군지 기억이 없이 그저
골치만 지끈거렸다는 것이다. 하지만 그녀의 머릿속에는
함께한 사람들의 이름과 장소에 대한 '그녀 자신'의 느낌이
있다는 것이었고, 그녀에게는 그것이 훨씬 더 가치 있는 것
이었다. 그것은 이미 물화되어 대상이 되어버린 사진보다
더 선명하고 날카로울 터였다. 나는 그녀의 재미있는 이야
기를 듣느라 좀 느긋해져 있던 자세를 바로잡았다. 나 역시
그녀의 사진기에 멋모르고 찍히고 있을 거라는 생각이 퍼
뜩 들었다.

하지만 그다음으로 그녀에게 여성 문제를 다룬 소설에
대해 묻게 된 것은 꼭 그런 긴장감 때문만은 아니었다. 나
는 개인적으로 소설가 박완서가 여성 문제에 대한 좋은 글
들을 씀으로써 나와 내 동료들을 길러냈다는 생각을 가지
고 있다. 그녀가 없었다면 우리는 더 멀고 험한 길을 돌아

왔으리라. 하지만 소설 이야기보다 더 궁금한 것은 이런 것이었다. 곧, 그녀의 소설과 수필을 토대로 내가 추리한 바에 따르면 그녀의 어머니나 남편이나 그 밖의 누구도 그녀에게 여성이라는 이유로 억압을 가하지 않았던 듯하다. 그건 사실 그 시대들을 생각하면 특별한 환경이라고도 할 수 있는데, 그렇다면 그녀는 어떻게 하여 여성 문제에 깊은 관심을 두게 된 것일까. 어쩌면 "당신은 배도 안 고파봤는데 왜 배고픈 사람 걱정하세요" 하고 묻는 것처럼 좀 바보 같은 질문일 수도 있다. 그러나 나는 여성 문제에 대해 이야기를 꺼낼 때마다 "난 그런 문제를 못 느꼈어"라고 간결하고 힘 있게 대답하는 여성과 남성을 너무 많이 보아왔다. 그녀의 대답은 이랬다. 내가 안 겪어봤으니까 더더욱 다른 이들의 아픔이 생생하게, '날것'으로 다가왔다고 말이다. 문학을 하는 능력이 별스러운 게 아니라 다른 이들의 처지를 내 것처럼 이해하고 상상하는 능력이라는 말이 실감 나는 대목이다.

이 날것 그대로의 느낌이라는 것은 그녀가 젊은 소설가들, 그리고 소설가 지망생들에게 강조하고 싶은 말이기도 하다. 그녀 자신이 40세 이전에 그렇게 살았듯이, 소설가가 되고 나서도 그녀는 여전히 집필실 속에 숨어 그저 보통으로 살기를 고집해왔는데, 그것은 혹시나 소설가라는 명망이 생생한 삶의 느낌들을 해치지 않기를 바라기 때문이다.

그녀 자신의 표현처럼 "있는 그대로의 세상이 내게로 오기를" 원한다는 것이다.

"문학은 넓지만 문학 판은 좁잖아요? 나는 문학 하는 젊은이들이 끼리끼리 어울리기보다는 더 넓은 세상에서 많은 사람들을 만나고 공부하고 하기를 바래요."

그런 의미에서 그녀는 젊은 전업 작가들에 대한 걱정이 많다. 너무 일찍 작가가 되어버림으로써 영영 작가가 되지 못하는 게 아닐까 해서다. '전업적으로' 글만 써대고 있는 것은 아니지만 어쨌든 다른 직업이 없는 나로서는 귀담아 들어야 할 이야기였다.

"영원히 여성적인 것이 우리를 구원하리라"

준비해 간 질문을 대충 끝내고 나서 취재 수첩을 덮고 그녀의 작품 중에서 내가 특히 좋아하는 소설 이야기를 꺼냈다. 잘 알려진 「그 가을의 사흘 동안」이라는 중편인데, 생명을 죽이는 일로 돈을 버는, 그러니까 소파수술 전문인 산부인과 여의사를 통해 역설적으로 생명의 소중함을 일깨워주는 소설이다. 그녀는 이 작품이 화제에 오르자 얼굴이 환해졌다. 앞으로 당신이 쓰게 될 작품이 바로 그러한 생명 존중에 대한 소설이며, 또한 결국에는 "영원히 여성적인 것이

1970년대 후반 보문동 집에서

우리를 구원하리라" 하는 것이다. 물론 그것은 괴테의 말로 더 유명해져 있기는 하지만 그녀의 말은 더욱 큰 실감으로 다가온다. 자기 몸속에서 귀한 생명을 다섯이나 창조해내고, 먹은 음식을 핏속에서 삭여 고인 젖을 물려보고, 그 후로도 오랫동안 올망졸망 도움을 필요로 하는 생명들을 건사하고 돌본 여성의 입에서 나온 말이기 때문이다. 내가 이 글에서 좀 당돌하게 '그녀'라는 호칭을 쓴 까닭도 여기에 있다. 여자라는 것, 여성성이 지닌 아름다움을 도드라지게 표현하고 싶었던 것이다.

돌아오는 길에 나는 슬그머니 그녀의 책상을 훔쳐보았다. 책들이 쌓여 있었다. 고전문학은 물론 요즘의 이른바 신세대 작가들, 포스트모던한 작가들, 심지어 무라카미 하루키까지. 그녀는 집으로 배달되어 오는 어찌 보면 쓸데없는 팸플릿까지 다 읽지 않고는 못 배긴다고 했다. 대단한 독서량이었다. 그러니까 그녀는 앉아서 세상을 읽고 있는 셈이다. 하지만 그렇게 앉아만 있었다면, 다시 말해 삶이 던져주는 그 헤아릴 수 없는 체험들에 충실하지 않았더라면 소설가 박완서의 여러 진주 같은 작품들은 태어나지 못했으리라.

그녀의 나이는 이미 육십을 넘어섰다. 지금껏 그녀의 삶이 그녀가 회상하는 대로 너그럽지만은 않았다는 걸 나는 알고 있다. 물론 그것이 그녀에게만 특별히 내려진 것은 아니었을 테고, 우리들의 부모 세대들이 함께 겪어야 했던 아픔이었을 것이다. 하지만 그녀는 소설가로서 행복하다고 나는 감히 생각해본다. 왜냐하면 그녀는 삶의 아픔을 겹으로 살아내는 글쓰기 작업을 통해 우리 모두에게 그 아픔을 견디고 이겨나갈 수 있는 힘을 주는 작가이기 때문이다. 그리고 그 힘이야말로 소설이 지닌 본원적 힘이라고 나는 믿는다.

'창밖은 가을이었다.' 우리는 그녀의 집을 나와 그 가을 속으로 걸어갔다.

차오를 때까지 기다려야 해요

박완서 선생댁은 백제 고분 옆이었다. 아파트이긴 했지만 그래도 아득한 백제 시대의 옛 무덤가에 살고 있다는 것이 소설가답다는 생각이 들었다. 내가 그 댁을 찾은 것은 일요일 아주 이른 시각이었다. 다음 날은 비행기를 타고 프랑스 파리에 가실 계획인 고로 내가 얻을 수 있는 시간은 이른 아침뿐이었다. 그래도 쾌히 시간을 내주신 것은 아무래도 참여연대의 식구(자문위원)이기 때문이었을 것이다.

벨을 누르자 단박에 문이 열리며 박완서 선생의 모습이 나타났다. 소설을 통해서는 아주 친근하게 느껴지고 가끔 이런저런 행사장에서 먼 발치로 뵌 적이 있었지만 이렇게 가까이에서 뵙기는 처음이어서 나는 가슴이 약간 콩닥거렸다. 사실 이번 만남이 박완서 선생이 아니었다

이 인터뷰는 〈참여사회〉 1996년 1/2호에 실렸다. 〈참여사회〉는 1995년 5월 참여연대가 창간한 시사 월간지다. 인터뷰어인 여성학자 오숙희는 이화여자대학교에서 사회학과 여성학을 공부했고 20년 넘게 방송과 강연을 계속하며 여성과 가족의 문제를 고민하고 있다. 지은 책으로 『사는 게 참 좋다』 『너만의 북극성을 따라라』 『딸들에게 희망을』 등이 있다.

면 나 역시 가능하면 일요일은 피하려 했을 것이다. 한국 땅에서 여성 문제에 관심을 가지고 있다는 여자치고 박완서 선생의 작품에 영향을 받지 않은 사람은 거의 없을 것이다.

내가 이른바 '박완서 소설'의 세례를 받은 것은 1983년이었다. 그때 나는 대학을 막 졸업하고 직장에 취직해서 대졸 사무직 여성으로서 하루하루를 보내고 있었다. 나의 근무 부서가 홍보실인 관계로 나는 매월 새로운 잡지를 빠짐없이 읽을 수 있는 복을 누리고 있었는데 어느 날 〈주부생활〉에서 『떠도는 결혼』이라는 소설을 우연히 발견하게 되었다. 연지라는 한 여성이, 어머니가 권하는 조건 좋은 신랑을 마다하고 철민이라는 자기 또래와 조건보다는 친구같이 평등한 결혼을 꿈꾸며 결혼하는 것으로 시작되는 그 소설은, 막 친구들이 하나둘 결혼하기 시작한 데다 미혼 여성만 고용하는 회사의 관행으로 미래가 불안하던 나에게 재미있는 소설 이상의 것이었다.

그 소설이 '서 있는 여자'라는 제목을 달고 단행본으로 나온 것은 내가 대학원에 진학해서 여성학을 공부할 무렵이었다. 그 소설의 잡지 연재가 끝나기 전에 직장을 떠난 탓에 나는 그 소설의 결말을 알지 못해 궁금증이 마음 한구석에 남아 있었다. 『서 있는 여자』를 사자마자 뒷부분부터 읽었다. 연지는 철민과 헤어졌다. 인생의 동반자로서 서로가 서로의 후원자가 되기로 하고 가위바위보로 누가 먼저 공부를 할 것인가를 정해 연지가 잡지사 기자를 하면서 철민을 공부하게 해주던 그 '이상적인 새로운 부부상'이 여지없이 무너진 것이었다. 그것도 열등감에 빠진 철민이 객기 어린 외도를 함으로써 아주 흉하게 무너져 내린 것이었다. 신데렐라콤플렉스에서 여전히 자유롭지 않던 나에게 그 결론은 실망을 넘어서 내 미래에 대한 두려움으로 다가왔다. 친구 같은 남편과의 평등한 결혼 생활은 그 당시에 나와 내 친구들이 꿈꾸던 것이었으므로.

그로부터 얼마 안 있어서 '또 하나의 문화'라는, 내가 속한 모임에서 박완서 선생을 초대하여 그 소설을 놓고 독자와 이야기하는 자리를 마련했다. "그 소설에서 궁극적으로 말하고자 했던 것이 무엇이었습니까"라는 질문에 박완서 선생은 다음과 같이 대답했다.

"말로써 쉽게 남녀평등을 이룰 수 있다고 믿는 젊은 여자들, 만만한 남자를 만나서 쉽게 평등을 이루려는 약은 여자들이 빠질 수 있는 함정을 보여주고자 했다."

이 말은 내게 큰 충격이었다. 가부장적이고 남성 중심적인 사고에 젖은 남자들을 남성 우월주의자 내지는 골수 성차별주의자로 분류하여 경원시하면서 부드럽고 온화한 남자들을 휴머니스트로서 짝할 만한 사람이라고 생각하던 내가 혹시 "약은 여자"에 속하는 게 아닌가 하는 찔림이었다.

그때 내 기억에 강하게 새겨져 있는 박완서 선생의 인상은 또 있다. 사진에서는 무척 강하고 씩씩할 것 같은 느낌을 받았는데 아주 작은 체구에 목소리마저 가느다래서 참 이상하게 여겨졌던 것이다. 뒤에서는 잘 들리지 않아 강의 도중 사람들을 앞자리로 옮겨 앉게 한 그 가녀린 목소리로 비수 같은 말들을 할 때 나는 '저렇게 속으로 독을 품어야 소설가가 되는구나' 생각했었다.

그로부터 10년이 지나는 동안 나는 결혼과 출산과 이혼의 한 바퀴를 돌았다. 선생은 남편과 아들을 같은 해에 잃은 엄청난 시련을 겪었다. "이제야 선생이 그때 말씀하신 '약은 여자'의 뜻을 제법 헤아리게 되었노라"라는 고백을 하기도 전에 선생은 인생의 심연으로 한 길 더 내려가 계셨던 것이다.

작은 체구와 가녀린 목소리는 변함없건만 첫눈에 '늙으셨구나' 생각하며 사과 궤짝이 놓인 현관을 지나 거실의 의자에 앉았다. 요즘 어떻게 지내셨는지가 가장 궁금했다.

박완서   7월 말부터 10월까지는 두문불출했어요.『그 많던 싱아는 누가 다 먹었을까』의 다음 얘기로『그 산이 정말 거기 있었을까』를 썼거든요. 바로 어제 책이 나왔어요. 그걸 끝내고는 독감에 걸려서 앓고 이제야 겨우 회복 단계에 들어섰는데…… 그래서 이번 여행이 솔직히 힘들어서 썩 반갑지만은 않네요.

오숙희   파리에는 왜 가시는데요?

박완서   프랑스 문화성이 돈을 대서 한국문학 포럼을 한다는 거예요. 그 나라에서는 그렇게 한 나라씩 정해서 문학작품을 소개하고 그 작가들을 초대해다가 작품 세계도 듣고 그런대요. 이번에 우리나라를 정한 거지요. 함께 가는 사람은 시인 네 명과 소설가 아홉 명 해서 모두 열세 명이에요. 신경림, 고은, 황동규, 한말숙, 오정희, 최윤, 조세희, 윤흥길, 이균영, 이문열……

우리나라 문학계의 알짜들은 다 모셔 가는 프랑스 일정 중에는 고등학생과의 대화도 있다고 하니 그런 나라가 세계의 문학을 주도하는 것도 당연하겠다는 생각에 부러움과 더불어 속상한 마음도 들었다. 남들은 외국 문학까지 섭취하는데 우리는 '우리 문학'조차 돌보지 못하는 것이 전에는 돈이 없어서 그렇다고 자위할 수 있었지만 엄청난 비밀 돈주머니를 발견한 요즘은 그럴 수도 없어 속이 더 상한다.

오숙희   파리는 처음 가시나요?

박완서   아뇨, 여러 번 가봤어요. 그런데 이번에는 몸이 좀 아파서 별로 여행의 흥분이나 기대가 없네요.

한국문학 포럼에 관한 자료를 내게 보여주신다고 찾으러 방에 들어가시길래 따라 들어가 봤더니 과연 여행 가방도 채 준비해놓지 못하고 계셨다. 즐거운 비명이 아님이 느껴져서 안쓰러운 마음이 들었다.

오숙희   작품을 쓰시면서 무척 힘드셨나 봐요. 보통 글 쓰시는 분들은 밤이나 새벽에 쓰신다던데…….

박완서   나는 주로 아침에 일찍 일어나서 써요. 그래야 머리가 맑아
         요. 새벽 5시 전에 일어나고 밤에는 10시 전에 잠자리에 들
         어요. 그러니까 밤에 하는 텔레비전 프로그램은 거의 못 봐
         요. 재밌는 것은 그때 다 한다던데…… 그런데 아무래도 오
         후가 되면 머리가 맑지 않으니까 새벽부터 오전 내에 하게
         돼요. 책을 읽는 것도 다 아침에 해요. 요즘은 책들이 거의
         쏟아져 나오다시피 하니까 읽을 게 많고 보내주는 것도 많
         은데 닥치는 대로 다 읽어요. 계간지도 읽고…….

"외부하고 단절된 상태는 겁이 나요.
모질게 안 되더라구요"

오숙희   작품 쓰시는 동안에도 오전에만 글을 쓰셨어요? 낮에는 전
         화도 오고 그러면 방해가 되잖아요.

박완서   그래서 전화를 안 받아야지 하고 처음으로 전화를 외출 중
         으로 해봤어요. 그런데 아무래도 받게 되더라구요. 외부하
         고 단절된 상태는 겁이 나요. 손자가 아프다든지 하는 일이
         있잖아요. 모질게 안 되더라구요.

         손자를 가장 걱정하는 내리사랑의 그 마음은, 어떨 때는 자신에게조차
         아주 냉정해 보이는 소설가에게도 예외가 아닌가 보다.

오숙희   집에만 계신가 봐요? 외출은 안 하시고요.

박완서   왜요. 일주일에 두세 번을 친구 만나러 시내에 나가요. 친구들 만나서 차도 마시고 같이 연극 보러 가는 모임도 하나 있어요. 여기서 성내역까지 다니는 택시를 타고 가서 지하철을 타고 다니는데 그게 가장 편해요. 집에 있을 때는 요 앞에 백제 고분에 산책을 다녀요. 이 근처에 올림픽공원도 있고 좋은 곳이 많지만 차들이 쌩쌩 달리니 무서워서 못 가구요.

오숙희   글 쓰시는 분이니까 이렇게 혼자 지내시는 것이 편한 점도 있으시겠어요.

박완서   네. 그런데 제가 한 해에 남편과 아들을 잃은 건 아시죠?

그걸 모르는 사람이 어디 있겠는가. 『한 말씀만 하소서』가 이 시대의 자식 잃은 어미들, 자식 키우며 마음고생해본 어미들에게 또 한 번 '어미됨'의 세례를 내린 것이 바로 지난해 여름이었다. 나 역시 작은아이가 다섯 살이 되도록 말을 하지 않아 끌탕을 하던 터였다. 나는 너무 민망해서 고개만 끄덕였다.

박완서   인사받기가 정말 괴롭더군요. 우리네 인사법이 사람을 괴

롭히는 데가 있더라구요. 막내를 만나러 간다고 하구 미국
에 갔어요. 아무 말이 안 들리는 데 있으면 좋을 줄 알았는
데 말이 안 통하는 데 있기도 괴로웠어요. 관광지에서 못
알아듣는 게 슬펐어요. 말 흐르는 리듬이 있더라구요. 그걸
모르니까 별안간 슬펐어요. 우리나라로 돌아와서 그 웅성
거리는 소리가 다 우리말 리듬이란 게 그렇게 좋더군요. 내
가 이 집에 혼자 있으니까 사위하고 딸이 제집 비워놓고 들
어와서 살았어요. 엄마 생각해서 저희들도 고생하는 것인
데 나는 불편했어요. 깨는 시간이 다르니까요. 나는 3, 4시
에 깨서 저녁에 어지른 것들을 대강 치워요. 꽃에 물도 주
고 하는 걸 다 이때 하지요. 그런데 내가 부석거리는 것 같
아 눈치가 보여요. 할 수 없이 내 방에서 꼼짝 못하고 있다
보면 내가 무슨 죈가……. 우리 부부도 서로 리듬이 달라서
서로 구박을 했는데, 그래도 지내고 보면 그게 좋았어요.
제 몸 같은 건 역시 남편뿐이에요.

지금 선생의 작은딸은 같은 아파트의 동만 다른 집에 살고 있다. 기역
자를 이루는 두 동에 살기 때문에 베란다에 나가면 그 집이 바로 보
인다. "사는 집만 다르다 뿐이지 가족이에요. 저녁은 매일 그 집에 가
서 먹고 애들이 노상 찰방구리처럼 여기를 드나들고, 조금 공기 쐬면
서 걸어가고 여기서도 그 집의 불빛을 바라볼 수 있는 게 좋아요." 선
생은 이런 거주 형태에 아주 만족하고 계셨다. 이런 말을 하고 있는데

약혼 중이던 1953년 겨울의 모습

정말 그 딸은 바로 옆방에서 나온 것처럼 들어와서 과일을 깎아 우리 앞에 내놓고 아침 식사로 어머니의 죽을 데워놓고는 또 바로 옆방으로 들어가듯이 아무 말 없이 사라졌다.

오숙희   선생님께 글은 무엇입니까. 요즘 주부들 중에는 글쓰기를 자기 삶의 새로운 돌파구로 생각하는 사람들이 늘고 있습니다. 그들이 모델로 삼고 있는 사람이 바로 선생님인 경우가 많은데요. 마흔의 나이에 등단하신 것도 그렇고.

박완서   내가 주부들에게 꿈을 줬다는 생각은 해요. 그런데 그게 너무 헛된 꿈이지요.

"차오를 때까지 기다려야 해요.
취미로 하기엔 글 쓰는 건 힘들어요"

오숙희   어머? 헛된 꿈이요? 왜요?

이 대목에서 나는 심각했다. 사실 주부들을 대상으로 강연을 가서 내가 그들에게 제시하는 모델도 다름 아닌 박완서 선생이었기 때문이다. "여러분, 이제 사십 대인데 뭘 하랴, 포기하지 마세요. 소설 쓰시는 박완서 선생도 사십에 나오신 거예요. 희망을 가지세요. 그리고 지금 뭐든 도전하세요." 그때 나는 청중 속에서 고개를 끄덕이는 반짝이는 눈

동자들을 발견하곤 했는데…… 헛된 꿈이라면 내가 결국 사기를 친 것이 아닌가.

박완서   어느 정도 차오를 때까지 기다려야 해요. 취미로 하기엔 글 쓰는 건 힘들어요. 요즘 여자들 글 쓰고 싶어들 하지요. 70년대, 이십 대의 젊은 작가들이 활동하던 시기에 마흔 살은 늦은 거였지요. 그게 제가 처음 각광받은 요인이기도 했어요. 차오를 때까지 기다렸다는 게 지금까지 오래 글을 쓸 수 있게 하는 거 같아요. 경험이 누적돼서 그것이 속에서 웅성거려야 해요. 지금 내 나이가 예순다섯인데 어떤 때는 한 500년은 산 것 같아요.

이건 또 무슨 말씀인가. 남들은 지나고 보면 인생을 한바탕의 꿈처럼 짧다고, 더 못 살아서 안달들인데 500년은 산 것 같다니. 인생에 더 이상 여한이 없다는 말씀인가? 역시 소설가와의 이야기는 긴장 어린 흥미를 주는구나.

박완서   내가 유리창이란 것을 처음 본 게 여덟 살 때였어요. 봉창, 뚝배기, 막사기그릇, 호롱불 이런 거도 보고 누에 길러서 명주도 짜고…… 우리 동네에서 나서 우리 동네에서 시집가서 거기서 돌아간 우리 할머니에 비하면 소도시에 나와서 네모난 집을 보고 기차 타고 서울에 오고 중일전쟁, 2차

대전, 가난, 쌀 배급, 해방, 6·25. 나를 스쳐 간 문화의 부피를 생각할 때 500년은 된 것 같아요. 우리 할머니에 비하면 엄청난 체험 부피가 자꾸 울궈먹고 싶게 하거든요.

그러고 보니 정말 500년은 될 법했다. 격동의 세월을 살아오셨다는 말이 이때는 딱 맞는 말이다. "6·25는 내게 전쟁은 정말 싫다는 마음의 혐오를 주었어요. 2차 대전 때는 그래도 우리 가족, 마을까지 단결해서 서로 따뜻한 마음이 뭉쳤는데 이념 전쟁은 정말 흉악했어요. 마을, 혈연 가족끼리 남북으로 갈려가지고……." 선생의 관심이 분단 문제에 가닿은 배경은 이것이었다.

박완서   보통 겪으면서 안게 되는 상처를 묻어두고, 행복한 척하는 것으로부터 벗어나고 싶었어요. 남하고 소통하고 싶다는 욕구도 있구요. 내 생각을 전달해서 남에게 공감을 얻어내고 싶은 것도 있지요.

오숙희   작가는 감수성이 예민하게 태어나는 것 같아요.

박완서   어느 정도는 타고난다고 봐요. 아주 절실함 없이 남의 감수성을 빌려오는 사람들을 가끔 보는데, 차오를 때까지 기다려야지요.

오숙희   선생님의 문학 세계는 어떤 것인가요?

박완서   내가 잘 아는 세계지요. 여성으로서의 나, 노인으로서, 분단
         문제……. 페미니즘을 의식했다기보다는 남자들이 쓴 인기
         있는 소설의 여성상을 보면서 이건 아니다, 이건 남자가 원
         하고 바라는 여성이다 생각해서 여성의 실제 모습을 보이
         고자 한 것이었지요. 남자들에 의해 왜곡되거나 환상적으로
         처리된 것에서 벗어나 실제 여성의 모습을 드러내는, 여성
         주체적인 소설이 바로 페미니즘 문학이라고 생각합니다.

         나는 이 대목에서 내가 받은 첫 세례를 말씀드렸다. 그 후 대학원에서
         '여성과 문학'이라는 과목 시간에 선생의 소설을 첫 작품 『나목』부터
         다 읽었노라고 은근히 '열렬한 독자'임을 드러냈다.

박완서   나, 그 소설 쓰고 머리 허연 노인한테 혼났어요. 10년 전 얘
         기지요. 어떤 모임에 초청받아 갔는데 이혼을 조장하는 글
         이라고, "해피엔딩을 했어야지" 하고 혼을 내시길래 그저
         "죄송합니다"만 했지요, 뭐.

         이때 전화가 왔다. "아직도 감기 소리구나. 너 아프다는 걸 전화도 못
         했구나. 하도 아파가지고." 선생은 어느새 평범한 어머니가 되었다.

오숙희   방이 네 칸이나 되는 걸 보니 오래 사셨나 봐요, 이 집에.

박완서   10년 됐어요. 북적거리는 세월이 잠깐이더라구요. 불평 많
         이 했는데 지금은 후회가 돼요. 원래는 보문동의 한옥집에
         살았어요. 그게 열 식구 산 집이죠. 겨울이면 안방에 모여
         아랫목에 발만 집어넣었어요. 교육적 설교 없이도 학교에
         서 어쩌구저쩌구하면 그게 다 가족 간의 대화고 아이들이
         무슨 생각을 하는지도 알고 그랬어요. 할머니까지. 그게 좋
         았어요, 지나고 보니. 지금도 명절 이럴 때 다 모여요. 그래
         서 집을 못 줄여요. 아니, 이불을 못 버려요. 하하하.

         이 대목에서 우리는 맘껏 웃었다. 세상에 가족에 관한 추억만큼 따뜻
         한 난로는 없으리라.
         여행 가방도 챙기셔야 하고 아침 식사 시간을 방해했기 때문에 아쉽지
         만 일어날밖에. 끝으로 요즘은 무슨 생각 하시느냐고 물었다. 다음 작
         품 구상이랄까. 작가는 감수성이 예민하니 한 해가 저물 때 좀 다른 생
         각을 하지 않을까 기대했다. 그런데 아주 엉뚱한 답이 돌아왔다.

박완서   우리 손자가 학교에서 자주 공중전화를 해요. 글쎄, 전화를
         해가지고는 "할머니 오늘 뭐 하셨어요?" 하는 거예요. 전혀
         없던 일이라 "어떻게 이렇게 착한 맘이 들었지?" 했더니 제
         친구 하나가 그 삼촌이 전화 카드를 사주면서 할머니가 네

생각을 많이 하시니 전화를 자주 하라고 했대요. 걔가 전화하는 걸 보고 자기도 한대요. 효도가 전염된 거예요. 손자가 전화하면 하루 지낸 얘길 하게 되더라구요. 효도가 별거 아니더군요. 그리고 이 녀석이 부산에서 올라오면 넙죽 절을 한다니까. 난 걔가 어째 그런지 몰라. 하하하.

손자 애기를 하며 활짝 웃는 박완서 선생. 이제 정말 할머니가 된 것일까. 이십 대의 환상, 삼십 대의 갈등, 사십 대의 허위의식 등 우리 시대 가족과 여성의 자화상과 미래상을 보여준 그에게서 따뜻한 할머니의 모습을 보면서 은근히 노인이 주인공인 소설을 기대해본다. 박완서 선생! 우리 시대의 영원한 대표 선수 아니겠는가.

상처 속에 박혀 있는 말뚝

권영민   일전에 삼성문예상 심사 관계로 뵈었습니다만, 이렇게 좋은
자리가 마련돼 정말 반갑습니다. 오늘은 제가 개인적으로
선생님께 궁금했던 점과 독자들이 선생님 작품 세계를 이해
하는 데 도움이 될 만한 질문 몇 가지를 드리고 싶습니다.

박완서   글쎄요, 저는 이미 이런저런 글을 통해서 많이 털어놨다고
생각하는데요. 하지만 이렇게 대담이라는 형식으로 권 교
수님과 자리를 함께했으니 그동안 미처 드러내지 못했던

이 인터뷰는 1997년 9월 24일 이루어졌고 그해 〈라쁠륨La Plume〉 겨울 호에 실렸다. 〈라
쁠륨〉은 소설가 손장순이 1996년 9월 창간한 문학 계간지로, 이 잡지의 편집위원이었던
문학평론가 권영민은 1971년 〈중앙일보〉 신춘문예로 등단했고 서울대학교 국어국문학
과 교수, 미국 하버드대학교 객원교수, 미국 버클리대학교 한국문학 초빙교수 등을 거쳐
현재 서울대학교 국어국문학과 명예교수, 단국대학교 석좌교수, 버클리대학교 한국문학
겸임교수다. 지은 책으로 『한국 현대문학사』 『우리 문장 강의』 『한국 계급문학 운동사』
등이 있다.

이야기들을 좀 해야겠군요.(웃음)

권영민 　가끔 제가 재직 중인 서울대학교 학생들과 커피를 마시다 보면 모교 국문과 출신 작가들이 화제에 오르곤 하는데, 늘 상 선생님이 서울대 국문과 출신이냐 아니냐가 관심거리의 하나로 등장하거든요. 선생님께서 한 번도 구체적으로 말 씀하신 적이 없으셨기 때문에 그런 것 같습니다.

박완서 　막 등단했을 때 다닌 시간도 얼마 안 되는 대학교를 언급하 는 것이 싫어서 그냥 고등학교 졸업이라고 하고 싶었죠. 한 말숙은 서울대학교 시절뿐 아니라 숙명 6년 동안을 같이 다 닌, 문단에선 가장 친한 사이예요. 그 밖에 시 쓰는 박명성 도 서울대학교 국문과에 같이 진학한 숙명 동창입니다. 한 말숙은 언어학과였구요. 그런데 다들 졸업을 했지만 저는 못했죠.

권영민 　1950년 4월에 입학하셨지요?

박완서 　4월이 아니고 6월이었어요. 우리가 8월에 해방이 되지 않았 습니까. 그래서 당시는 9월 초에 신학기를 시작했는데, 그 것을 4월로 환원시키는 과정에서 한꺼번에 5, 6개월씩 줄이 면 안 되니까 5월에 졸업을 시켰어요. 그래서 6월에 입학을 한 거죠. 그러고는 얼마 후에 전쟁이 났지요. 전쟁에 대한 기억은 제 소설에 소상히 나와 있습니다.

권영민 입학하시자마자 전쟁이 났군요.

박완서 네. 그런데 얼마 되지 않는 대학 생활이었지만 저에 대해 가장 뚜렷하게 기억하고 계시는 분이 김우종 씨더군요. 제가 어떤 모습을 하고 다녔는지까지 상세하게 기억하고 있더라고요. 아무튼 문리대 시절은 제 가슴을 아리게 했어요. 그때 문리대는 대학 안의 대학이라는 자부심이 대단했지요.

"그때는 작가가 돼야겠다는
생각을 하지는 않았어요"

권영민 제가 학교 얘기를 꺼낸 이유는, 지금도 마찬가지입니다만 문학에 입문하는 과정에 대학과 전공이 적지 않은 영향을 끼치지 않습니까. 또한 십 대에서 이십 대로 넘어오는 참 중요한 때이기도 한데, 국문과에 진학하셨다면 선생님께서는 이미 문학에 뜻을 두셨던 게 아닌가 해서입니다.

박완서 그때는 작가가 돼야겠다는 생각을 하지는 않았어요. 아마도 무사히 대학을 졸업했다면 선생님이나 교수가 되지 않았을까 싶어요. 그 시대에 집에서 바라는 것도 그런 것이었고요.

권영민 오히려 졸업 안 하신 것이 잘되었네요.(웃음) 어쨌든 그 시절 학생들은 요즘처럼 맹목적으로 수능 점수에 따라 전공을 선택하기보다는 진짜 자기가 공부하고 싶은 학문에 대한 욕심이 있었던 것 같아요.

박완서 우리는 일본어 세대잖아요. 그래서 해방 후에 시조를 배우고 고전을 공부하면서 우리말에 대한 놀라움이 굉장했어요. 양주동 선생님의 천재성에 놀라고, 지금 이름은 잊었지만 어떤 학자의 고전 주해를 보고 감탄하기도 했어요.

권영민 학창 시절에 민족어에 대한 발견, 고전에 대한 새로운 인식을 가지셨다니까 생각나는 것이, 선생님의 소설을 읽으면 언어와 문장에 대한 규범적인 패턴이 느껴진다는 점입니다. 요새 젊은 작가들이 언어를 함부로 취급한다든지 또는 지나치게 언어를 낭비한다는 폐해가 지적되곤 하는데, 한국전쟁 직후 활동을 시작한 작가들은 언어에 대한 조탁이 가장 진지하고 정제된 문장을 많이 쓴 작가들이에요. 구세대들이 그런 노력을 하지 않았다면 아마도 한국 산문의 전통에 우려할 만한 문제가 생기지 않았을까 싶습니다. 저희를 가르쳐주신 선생님들 역시 언어에 대한 애착이 대단해서 논문을 쓸 때조차 조사 하나만 잘못 써도 붉은 펜으로 여기저기 교정을 해주시곤 했어요. 한데 지금은 그렇지가 않아요.

박완서   월북하신 소설가 박노갑 선생님이 제 고등학교 때 선생님이세요. 문학을 좋아하던 그때에 소설가가 선생님으로 오시니 대단히 기뻤어요. 당시 저는 일본 소설을 한창 읽을 때라 거기서 벗어나지를 못하고 있었지요. 그 당시 사춘기 소녀를 겨냥한 달착지근하면서도 쌈박한 일본 소설을 많이 읽으며 저도 모르게 길들여졌던 거예요. 지금도 그런 문장에 대한 향수 같은 것이 있어요.(웃음) 그런데 박노갑 선생님은 그런 소설을 닭살이 돋게 싫어하시는 거예요. 수업 시간에 몰래 읽다가 야단도 맞았지요. 그 선생님은 고전과 문학 개론도 가르치셨는데, 말하자면 지금의 대학 과정과 마찬가지였어요.

권영민   박노갑 선생님은 1930년대 후반 이후부터 소설을 주로 쓰셨는데, 그분은 그 이전에 심각하게 대두되었던 이데올로기 문제보다 일상적인 생활에 관심이 무척 많으셨어요. 고등학교 때 좋은 선생님을 만나셨군요. 선생님의 문학에 그분이 큰 영향을 미쳤다고 볼 수 있겠습니까?

박완서 네, 절대적인 영향을 미치셨지요. 검정 무명 두루마기를 입고 한시를 낭랑하게 읊어주곤 하셨어요. 그래서 「적벽부」 같은 건 오랜 세월 동안 외우고 있을 정도였죠.

"제가 연애를 해서 결혼을 했지요.
저는 평범하게 살고 싶다는 생각이 강했어요"

권영민 학창 시절부터 문학을 향한 열정, 관심이 죽 있으셨는데 데뷔하기까지 20년이란 시간을 어떻게 참으셨어요?(웃음) 그 20년 동안 글은 좀 쓰셨는지요?

박완서 어머니께서는 저를 일찍 시집보내고 싶지 않아 하셨어요. 그런데 제가 연애를 해서 결혼을 했지요. 저는 평범하게 살고 싶다는 생각이 강했어요. 사상적인 것에 관심이 있던 집안이 방황을 하다가 몰락하는 것을 보면서 평범한 삶이 좋더라구요. 한 가지 바람이 있다면 좀 여유가 있는 집에 시집가서 계속 공부를 하고 싶었어요. 남편도 제가 하고 싶은 대로 하라고 했죠. 그런데 공부도 팔자에 있는 것인지 애가 바로 들어서고 생활에 치여 엄두를 낼 수가 없었어요.

권영민 그럼 어떤 계기로 〈여성동아〉 데뷔작인 『나목』을 쓰실 생각을 하셨어요?

박완서   결혼 전 한때 박수근 화백하고 같은 직장에서 일을 했어요. 박수근 화백은 참 힘들게 살다 허망하게 죽었는데, 그 후에 그림값이 올라가더군요. 하지만 그렇다고 유족들이 덕을 보는 것도 아니고 화상畫商을 비롯해 다른 사람들만 이익을 챙기는 것 같아서 화가 나더라고요. 그래서 처음에는 〈신동아〉에 투고하기 위해 전기로 쓰려고 했어요. 그런데 쓰다 보니까 전기는 재미가 없더라고요.

권영민   한 화가의 생애를 지켜보다가 쓰시게 됐군요.

박완서   그 당시만 해도 박수근 화백에 대해 아는 사람이 많지 않더라고요. 사후에 유명해진 또 한 명의 화가로 이중섭이 있었는데, 그 사람에 대해서는 잘들 알고 구상 선생님께서도 글을 많이 쓰셨잖아요. 천재적인 화가라면서 많은 사람들의 입에 올랐었죠. 전 지금 생각도 그래요. 천재 예술가라고 불리우는 사람은 흔히 술에 절고 정신적으로 거의 파탄에 이르고 하는 것이 어떻게 보면 예술가답기도 하지만, 저는 생활 자체를 중요시 여겨서 그런지 워낙 속물근성이 강해서 그런지 별로 좋게 보이지 않았어요. 한데 박수근 씨는 그런 천재 예술가답지 않았지요. 어떻게든 붓대 하나로 가족을 먹여 살리려고 싸구려 그림과 초상화를 그려야 하는 나날의 연속이었죠. 저는 그를 간판장이와 다름없다고 생

이중섭

각했어요. 그 사람이 제일 많이 그린 게 6달러짜리 그림인데 그나마 여기서 뜯어가고 저기서 뜯어가고, 결국 그분께 떨어지는 돈은 얼마 안 되었어요. 그래서 더욱 많은 그림을 그려야 했고, 수모도 많이 당하고 그랬어요. 그걸 보면서 이 사람에 대해 세상에 외치고 싶다는 욕구가 일더군요. 이렇게 산 천재도 있다, 하고. 인생 자체만을 보면 참 재미없는 사람이거든요. 그래서 소설로 바꿨습니다.

권영민   그럼 그 이전엔 작품을 써보신 적은 없으시고요?

박완서   머릿속에 생각은 있었지요. 하지만 뜻대로 되지 않더군요. 그 작품을 쓰기 시작한 것이 막내를 초등학교에 보내면서부터입니다. 그때야 뭔가 해야겠다는 생각이 들고……. 어쩌면 한 시대에 대한 증언의 의미가 강했지요.

권영민   그게 1970년이었죠?

박완서   네.

"전쟁이 없었다면 전
보수적이고 사회적인 관심이 없는
완전한 순수문학을 했을 것 같아요"

권영민 저는 『나목』 이후 1970년대 일련의 작품들을 읽고 1980년
대에 연작으로 발표하신 『엄마의 말뚝』을 읽으면서 선생님
의 작품에는 전쟁의 상처가 원형으로 자리 잡고 있는 것을
봤거든요. 전쟁으로 인해서 제도도 가족도 파괴되는, 어떤
작품은 적나라하게 드러나고 어떤 작품은 감춰져 있지만
일상화되어버린 전쟁의 상처가 숨어 있다고 생각했지요.
어떤 의미에서는 분단 의식이니 하는 게 진정 문학 속에 절
절히 녹아든 것이 선생님의 작품 같은 게 아닐까 하는 생각
을 해본 적이 있어요. 혹시 지금도 그런 의식을 갖고 계십
니까? 선생님이 잃어버리신 것도 다 전쟁과 관련될 텐데요.

박완서 잃어버렸다기보다는, 전쟁이 없었다면 전 보수적이고 사회
적인 관심이 없는 완전한 순수문학을 했을 것 같아요. 결코
현실 참여적이지 않았을 것 같아요. 그런데 전쟁을 겪고 나
서 사회적인 상처가 원하든 원하지 않든 제 인생을 깊이 상
처 내고, 나름대로 직조하고픈 운명과 다르게 자꾸만 방향
을 틀어버리는 현실에 속수무책이라는 것이 제 문학의 방
향에 영향을 끼쳤죠.

권영민 선생님의 문학을 얘기하는 많은 사람들이 그 대목을 놓쳐
요. 사회적인 비판·도덕성은 많이들 논하는데 그 원상原狀
에 전쟁이 있고 그것이 작품 속에 젖어 있다는 것을 간과

1970년 11월 호 〈여성동아〉 부록이었던 『나목』

하죠. 전쟁과 이데올로기를 다룬 작품이 많이 나왔지만 농익은 분단 문학이란 그래야 되는 것이 아닌가 하는 생각을 합니다. 이와 연관하여 소설 속에는 전쟁이 붕괴시킨 것 중 가족을 붕괴시킨 데 대한 분노가 아주 많이 들어 있어요. 전쟁으로 인하여 부성이 무너지자 모성이 대신한다, 아들을 딸이 대신한다 하는 단계가 소설 속에서 많이 드러납니다. 남성은 무화되거나 무력화되어 있어 여성들이 그것을 대신하는데, 어떤 부분은 적극적으로 긍정하고 어떤 부분은 아주 부정적으로 그리신 경우도 있어요. 그래서 선생님의 작품에서 본다면 가족과 가족을 지키려고 하는 삶의 가치들이 전쟁으로 인해 철저하게 파괴되고 잃어버렸다는 사실이 심도 있게 다뤄졌다는 생각입니다. 지키려는 가치에 대해서는 『엄마의 말뚝』에서 관조되었다고 보이고, 『휘청거리는 오후』라든지 『도시의 흉년』을 읽으면서는 도덕적 리얼리즘 소설의 전범이란 생각을 했었습니다.

박완서   『휘청거리는 오후』를 쓸 때 처음에는 '휘청거리는 도덕'이라는 제목을 붙였어요. 제가 일본 소설을 많이 읽는데 『휘청거리는 미덕』이라는 소설이 있었던 게 생각나 '아, 내가 이것을 연상했구나'라고 깨달아서 제목을 '오후'로 바꾸었죠. 그 작품의 주인공인 중소기업인 허성은 경제적으로나 도덕적으로나 몰락한 가장입니다. 결국 허성이 자살하는

것으로 끝을 맺었는데, 제가 그 글을 쓸 때가 1970년대 중
반이었어요. 그 당시는 우리나라에 산업사회의 기운이 막
돋을 때라 일부러 중소기업인을 등장시켰었죠. 그리고 자
살하는 것으로 작품을 마무리 짓고는 후기에 "허성은 명예
때문에 죽는 마지막 기업인이 될 거다. 앞으로는 절대 그런
이유로 죽지 않을 것이다"라고 썼어요. 이름을 허성으로 붙
인 이유도 '허무하고 이룬 것이 없다'라는 의미였죠. 요즘
세태를 보면 예언적인 작품이었다고 생각해요.

권영민   『엄마의 말뚝』의 경우는 우리가 붙잡아야 할 가치, 채워야
될 삶의 가능성 때문에 쓰셨나요? 그건 선생님의 체험과
깊이 연관돼 있는 것 같은데, 자전적인 부분이 많지요?

박완서   네. 실은 『엄마의 말뚝』을 그런 식으로 결말짓고 싶지 않았
어요. 어머니가 돌아가시고 제가 아이를 기르면서 살다 보
니 '나는 굉장한 혜택을 받았구나' 하는 생각이 들었어요.
그런데 자랄 때는 엄마가 저를 키우시는 방식이 굉장히 부
담스러웠지요.

"말뚝에 매인 동물이란
어느 정도 자유가 있으면서도
결국 벗어나지는 못하는 거잖아요"

권영민 『엄마의 말뚝』에서 저는 선생님이 재미있는 상징을 만들어 내셨다고 생각합니다. 말뚝이란 것이 두 가지 의미가 있거든요. 구심력과 원심력을 동시에 나타내는데, 선생님의 작품에는 그것의 영향에서 끊임없이 탈출하려는 팽팽한 긴장이 들어 있어요. 사실은 어머니에게 순종하고 보상하고 그런 것이 아니라 어머니와 딸이 팽팽하게 긴장하는 것이 있거든요.

박완서 네, 맞습니다. 사실 제가 『엄마의 말뚝』에서 지문으로까지 썼어요. 항상 어머니에 매여 있는 것 같은, 말뚝에 매인 동물이란 어느 정도 자유가 있으면서도 결국 벗어나지는 못하는 거잖아요. 전 지금도 그런 것을 느껴요. 엄마의 도덕심, 그 당시 그분이 꿈꾸던 신여성이란 무엇이었을까 지금도 모르겠어요. 어머니는 저를 시골에서 데리고 올라와 서울 외곽에 항상 말뚝을 박고 살면서도 좋은 상급 학교에 진학시키고자 소위 좋은 학교가 있는 동네의 잘사는 친척집으로 주소를 옮겨놓기까지 하셨어요. 선생님의 가정방문이라도 있는 날엔 그 친척집 안방에 앉아 주인 행세까지 하셨죠. 우스갯소리입니다만 제 어머니는 좋은 학군으로의 위장 전입에 선두 주자셨던 셈입니다.(웃음) 그런데 저는 이해를 못하겠어요. 제가 외딸도 아니고 집이 부자도 아니고…… 어머니는 여자란 이러해야 한다는 여성 교육을 한 번도 안 시키셨어요. 저는 시집가기 전까지 밥을 해본 적이 없을 정도니까요. 그렇게 키웠는데 일찍 시집을 가겠다고 하니 당연히 화가 나셨지요.

권영민 한국 사회에서 페미니즘이라는 것이 제기되기 전에 선생님은 작품에서 실천하고 계셨던 셈인데, 저는 선생님의 여성적 시각을 문화주의적 여성주의라고 비평적으로 명명하고 싶습니다. 그 이유는 여성적 가치나 이데올로기를 거칠게 내세운 것이 아니라 한국 사회의 제도와 생활방식의 틀 안에서 자연스럽게 드러내고 있고, 그런 측면에 대한 관심이 아주 세심하게 젖어 있기 때문입니다. 여성주의라는 이데올로기가 제기되기 전 단계, 즉 생활과 같이 호흡을 하는 특이한 여성적 관점들이 일찌감치 의미를 발효하고 있다고 봅니다. 선생님은 요즘 진보적인 여성운동가들이 주장하는 여권주의 운동에 대해 어떻게 생각하세요?

박완서 글쎄요. 어떤 때는 같은 여성의 입장에서 동조하지만 소설 속에 너무 생경하게 드러나는 것은 좋아하지 않아요. 우리나라는 아직 유교의 영향 탓이겠지만 도저히 수용할 수 없는 것이 너무 많지요. 예를 들어 출가외인이라는 것을 어려서부터 가르치는 일 등은 이해할 수가 없어요. 다른 어느 나라보다 우리나라의 여성들이 질 낮은 생활을 하고 있다고 생각해요. 어떤 면에서는 아랍권 나라들보다 더 심한 것 같아요. 효의 문제도 그래요. 효를 최고의 미덕이라고 하는데, 우리나라처럼 사회보장제도가 갖춰져 있지 않은 곳에서는 효가 지고至高의 미덕이 될 수밖에 없긴 하죠. 가정이 노인 문제를 해결할 수밖에 없으니까요. 그런데 효부는 있어도 효녀는 없거든요. 차를 타고 가면서 라디오를 들어보면 시어머니가 방문했을 때에는 극진하게 해드리고, 친정 어머니가 다녀가실 때에는 찬밥 같이 먹고 차비 5000원을 드릴까 말까 고민했다는 이야기가 나오곤 해요. 이런 것을 우리 스스로 미덕이라고 느낍니다. 효란 자기를 길러준 사람에게 자연적으로 우러나는 가장 인간적인 마음이거든요. 그런데 효자는 효부 아내만 두면 저절로 되는 거예요. 남자도 여자 부모에게 똑같이 할 수 있나요? 지금도 친정 부모에 대해서는 무관심하고. 심한 말로 친정 부모는 양로원에 보내도 되거든요. 이런 것들을 아무도 부도덕하다고 생각 안 해요. 우리 속담에 아들네 가서는 앉아서 먹고 딸네 가서는 서서 먹는다는 말도 있잖아요.(웃음) 우리 어머니가 시골에서 할아버지 할머니와 살고 있는 나를 서울로 데려올 때 할머니가 보내지 않으려고 하셨어요. 그럼에도 불구하고 어머니가 굳이 나를 데리고 서울로 왔을 때 저는 우리집이 넉넉하게 사는 줄 알았어요. 그런데 삯바느질을 하면서 셋방살이를 하시잖아요. 그렇지만 저는 오빠와 차별이라는 것을 느끼면서 살지는 않았죠. 저는 특이한 경우예요.

권영민   여성과 관련해서 우리 사회의 문화적인 미개성을 성토하시
는군요.(웃음)

박완서   그래요. 독재 치하에 민주화 투쟁이 활발히 일어나는 것처
럼. 지금 여성들이 우리 사회가 갖고 있는 성적 편견에 대
해 저항하는 건 이해하셔야 할 것 같아요. 그 방법이 좀 투
박해 보일지라도요.

권영민   선생님의 소설이 갖는 특징은 서사의 논리, 등장인물의 통
합된 성격(개성)을 만드는 것인데 근래에는 포스트모더니
즘의 영향으로 서사가 깨지고 성격을 해체하는 가운데 삶
의 본질이 바뀌면서 기존의 문학적인 질서들을 파괴하는
새로운 작가들이 등장하고 있죠. 선생님은 문단의 한가운
데에서 정통적인 작품을 꾸준히 쓰고 계신데, 신진 작가들
의 그런 모던한 경향의 작품들을 어떻게 생각하세요?

박완서   저도 가끔 문학상이나 공모 작품 심사를 맡다 보니 그런 작
품들을 접하게 되는데, 예전처럼 사건이 직조되고 인물의
성격으로 인하여 마지막에 찡한 감동을 줄 거라는 기대는
안 하고 읽어요. 뭐랄까, 포스트모던이라는 것이 단편에서

는 그 진가를 발휘해 독자를 끝까지 사로잡을 수 있지만 장편에서는 힘든 것 같아요. 최수철 씨, 그 사람도 정통 포스트모더니즘은 아니잖아요? 그래도 그 사람의 작품까지는 공감할 수 있는 진지함이 있었어요. 그래서 제가 따라갈 수 있는 작품이 최수철 씨까지가 아닌가 하는 생각도 해요. 다른 사람들의 작품은 진지함보다는 유희를 좇는 것 같아서 잘 모르겠더라고요.

권영민 　원래 이야기라는 것이 결말 지향적으로 삶의 진지함을 나타내는데 포스트모더니스트들은 결말이 중요한 것이 아니다, 다시 출발로 돌아가자, 그러니까 시원始原의 중요성에 관심을 기울이자 하는 거죠. 하지만 우리는 아직 삶의 유토피아가 있다고 믿는 19세기적 사상에 바탕을 두고 교육을 받은 사람들이기 때문에 충격적으로 와닿는 작품은 거의 없는 거 같습니다.

박완서 　어느 정도 시간이 지나면 구수법舊手法이 다시 도입될 것 같아요.

권영민 　맞습니다. 비평계에서도 그런 소리가 있어요. 미국에서는 50·60년대로 돌아가서 다시 통합하자는 소리가 설득력을 얻고 있죠. 대신 문학의 관점이 넓어졌어요. 예전에는 문학 그 자체였는데 지금은 문화 전체로 보거든요. 역사와 문학을 하나의 담론으로 끌어들여 크게 해석하는 그런 식의 방법들이 미국에서 다시 유행하니까 역사 추이로 돌아가는 것인가 하는 말들도 있죠.

박완서   그렇지만 포스트모던한 상상력도 장면장면 나름대로 재미는 있어요.

권영민   혹시 북한 소설 읽어보셨어요?

박완서   네. 백남용 씨 등. 그리고 해금 작가들의 작품, 연변 작가들의 작품도 읽어보았어요.

권영민   어떠셨어요?

박완서   (웃음) 뭐, 재미없죠. 그야말로 줄거리는 있는데…… 역시 표현의 문제 같은 것이 30·40년대 소설을 읽을 때 재미없는 것처럼 그렇죠. 이상, 김유정 씨의 작품이 예외적으로 아직도 재미있게 읽히는 것을 보면 줄거리만으론 훌륭한 소설이 될 수 없다는 사실은 분명해요.

권영민   그래도 통일이 되면 북한 문학들을 우리가 감당해야 할 거라고 생각하는데요. 선생님은 작품 내면에 전쟁, 분단에 대해 많이 이야기하셨는데 어떻게 전망하세요?

박완서 글쎄요. 저는 전망이 없기 때문에 그런 작품도 나올 수 있지 않았을까 싶어요. 우리의 삶처럼 현실 역시 스토리를 엮을 수 없다는 생각이 들고, 또 통일 후의 혼란을 생각하면 내가 정말 통일을 바라는가 회의감이 들기도 해요. 그래서 말하자면, 한 세기 정도 두고 보면서 천천히 체제가 바뀌고 공존하기를 바라요.

권영민 제 생각에는 통일에 대해 잃어버린 것들을 '찾는다' 하는 개념을 갖는 점이 문제예요. '합친다' 하는 순수한 마음으로 접근해야 될 텐데 말이죠.

박완서 저는 자본주의의 속성, 통일 후 그것이 더욱 무자비해지지 않을까 걱정이 돼요.

권영민 제 생각도 그렇습니다. 아쉽지만 이제 선생님과의 대담을 마무리해야겠군요. 마지막으로 혹시 아끼는 젊은 작가가 있으시면 한 명만 언급해주세요.

박완서 작품이 좋아 인정하는 후배들이 몇 있죠. 그러나 그중 한

명만 꼽으라면 아무래도 인간적인 친분이 개입될 것 같아 사양하겠습니다.(웃음)

권영민   오랜 시간 수고하셨습니다, 선생님. 건강에 유의하셔서 앞으로도 좋은 작품 계속 발표해주십시오.

박완서   감사합니다.

아름답고 행복한 시간

얼마 전 미수米壽를 맞은, 명수필가이자 시인인 금아琴兒 피천득 선생. 고정 독자만도 10~20만 명을 헤아리는 인기 소설가 박완서 씨. 두 노문인의 맑고 깨끗한 만남은 창 너머로 한강의 모습이 시원스레 펼쳐지는 모 호텔 커피숍에서 이루어졌다. 시간은 정각 12시. 박완서 씨는 1분의 오차도 없이 약속을 지켰고, 피천득 선생은 20분 일찍 도착하는 방법으로 약속을 어겼다. 그러나 세상은 그다지 공정한 것이 못 되어서, 박완서 씨는 일껏 제시간에 맞추고도 피천득 선생에게 "기다리시게 해서 죄송합니다"라고 몹시 억울한 인사를 해야 했고, 피천득 선생은 "아니, 내가 먼저 와서 기다리는 게 나아요"라고 근사한 답사를 할 수 있었다.

이 대화는 1998년 〈우먼센스〉에 실렸고 진행과 정리는 김지용 기자가 맡았다. 시인이자 수필가, 영문학자인 피천득은 1930년 〈신동아〉에 시 「서정소곡」을 발표하며 작품 활동을 시작했다. 서울대학교 사범대학 교수로 재직했으며 『인연』, 『수필』 등의 명산문집을 남겼다. 2007년 5월 25일 97세로 별세했다.

금강산도 식후경에 대해 두 작가와 취재진 모두가 의견 일치를 보았다. 메뉴도 피천득 선생의 "비빔밥" 선창에 따라 자연스레 통일되었다.

이윽고 음식이 나오자 피천득 선생은 "더 먹을 수 있지요?" 하고 양해를 구한 다음 계란 프라이를, 그리고 자신의 비빔밥을 반이 넘게 기자의 그릇에 덜어낸다. 그러고 비빔장도 넣지 않은 채 비벼서 아주 조금, 대여섯 숟갈 정도 뜨고는 입가를 닦는다. 피천득 선생의 소식小食을 직접 눈으로 확인하는 순간이었다.

존경보다는 정이 더욱 담긴 눈길로 그런 피천득 선생을 건너다보던 박완서 씨가 웃으며 입을 열었다.

박완서   선생님, 좀 더 드세요. 그래야 힘도 더 세지시고 살도 오르시죠.

피천득   됐어요. 난 정력 소비할 일이 전혀 없으니까…….

박완서   아침 식사는 하세요? 주로 무얼 드세요?

피천득   토스트 한 쪽하고 야채 주스를 먹거나, 그냥 주스 한 잔 마셔요. 그거면 돼요.

박완서   선생님, 히노마루 벤또라고 아세요? 일제시대 때 작은 도시락에 밥만 담고 그 가운데에 흔히 우메보시라고 하는 매실 장아찌만 하나 박아서 점심을 싸 오는 아이가 있었어요. 매실 장아찌는 약간 붉은빛이 돌잖아요? 밥은 하얗고……. 히노마루는 일본 국기라는 뜻이고 벤또는 도시락이라는 뜻인데, 그래서 그걸 히노마루 벤또라고 놀리곤 했어요. 글쎄, 그 매실 장아찌 하나로 밥을 다 먹더라니까요.

피천득   일본인들은 경제적으로 잘살면서도 식탁은 참 검소하게 차리는 것을 많이 봤어요. 방금 박 선생님이 얘기하신 매실 장아찌나 무장아찌, 그리고 어쩌다 생선 조금 놓고 밥을 먹어요. 그런데도 일본인들이 세계에서 가장 장수하는 민족이라고 해요. 잘 먹는 것과 오래 사는 것은 별 관계가 없는 것 같아요.

식사를 마치고 차를 주문했다. 박완서 씨와 취재진은 커피를, 피천득 선생은 녹차를 시켰다. 피천득 선생은 녹차 역시 입술을 축이는 정도로 한두 모금만 마시고는 "됐어요" 한다.

워낙은 점심 식사 후에 호텔 뒤편 어디쯤 '짙푸른 녹음과 나무 그늘과 하나의 벤치가 있는' 풍경 속에서 두 작가는 대담에 들어갈 예정이었다. 그러나 취재 차량에 동승해 호텔 주위를 두어 바퀴 돌면서 그것은 희망 사항이었을 뿐이라는 사실을 깨달아야 했다. 마땅한 장소도 드물었고, 겨우 찾아냈다 싶으면 예외 없이 먼저 차지한 임자들이 있었다. 커피숍이나 로비는 시끄러웠고, 스카이라운지는 오후 2시에 문을 연다고 했다. 날은 몹시 무더웠다.

박완서 씨가 "선생님, 차라리 저희 집으로 가세요" 하고 용단을 내렸다. 송파구 방이동. 박완서 씨가 혼자 지내고 있는 아파트 현관에 들어선 피천득 선생의 첫마디는 다음과 같았다.

"아아, 성역을 이렇게 꾸며놓으셨군요……."

이렇게 해서 성性이나 나이 차이와는 무관하게 우리 시대가 선물 받은 가장 따뜻한 두 작가의 대화(피천득 선생과 박완서 씨에게 '대담'이란 표현은 어쩐지 낯설고 멀게 느껴진다)는 시작되었다. 기자는 두 작가의 인연 이야기를 대화의 출발점으로 삼아주길 부탁했다.

박완서   저는 선생님을 언제 처음 뵈었는지 정확한 기억이 없어요. 선생님 글을 독자로서 좋아하고 아끼고 그러다가 한 15년쯤 전인가 어떤 문학 모임에서 만나 뵈었던 것 같아요. 그다음에는 선생님께서 일주일에 한 번 정도 가지시는 모임, 선생님은 소설 쓰시는 한말숙 선생님 그리고 음악을 하시는 김동성 선생님과 모임을 갖고 계시거든요. 그 모임에 저도 따라 나가 간간이 끼면서 만나 뵈어왔어요. 가끔 제가 전화를 드리거나 선생님이 전화를 주시고, 제 작업실(경기도 남양주군 구리읍 아천동)로도 몇 번 오셨어요. 성역에 오신 것은 오늘이 처음이시구요.(웃음)

피천득   그래요. 만난 지 오래되었어요. 글로도 만나고 사람으로도 만나고, 박 선생님과 나는 언제나 만나고 있지요.

박완서   선생님의 글이나 시를 읽다가 전화를 드려서 제 마음에 쏙 드는 부분을 읽어드리면 얼마나 좋아하시는지 몰라요.(웃음)

> 박완서 씨의 말에 피천득 선생은 소리 없이 활짝 웃는다. 그 웃는 모습이 정말 소년 같다.

"저는 잔뜩 허접쓰레기만 모으고 있는 것 같아요"

피천득   박 선생님 글이 참 좋아요. 「창밖은 봄」에 나오는 여주인공 길례는 얼마나 순수하고 깨끗한지 몰라요. 또 「연인들」이란 작품도 두고두고 생각나요. 그 글이 유신 시대였던 1974년에 발표되었는데, 당시의 정황을 어쩜 그리 꼭 집어서 표현했는지…….

박완서   그렇지 않아요. 선생님께서는 반짝이는 이슬이나 예쁜 꽃잎만 고르고 골라서 모으시는데 거기에 비해 저는 잔뜩 허접쓰레기만 모으고 있는 것 같아요. 「장미」「선물」「용돈」 그리고 「나의 사랑하는 생활」이었죠? "여러 사람을 좋아하

며 아무도 미워하지 아니하며, 몇몇 사람을 끔찍이 사랑하
며 살고 싶다"라고 쓰신 글이?

피천득　네에, 그래요. 「나의 사랑하는 생활」이에요.

박완서　선생님의 글을 읽다 보면 어찌나 무욕하고 소박한지 실제
의 절제된 모습을 뵙는 것 같아요. 술, 담배, 커피, 홍차 따
위는 전혀 안 하시고, 음식도 새처럼 조금만 드시고…….
한 달 생활비는 얼마나 드세요?

피천득　별로 들 게 없어요. 우리 내외가 먹는 것이라야 육식보다는
채식을 위주로 하고, 또 소식을 하니까 하루 1만 원이면 남
아요. 옷은 평생 입을 것들이 있으니까 전혀 돈 들 일이 없
구요. 아들애가 작아진 옷을 주기도 해요. 구두도 작아지면
신으라고 줘요. 아들애가 몸이 나는지 옷이나 구두가 자꾸
작아지는 모양인데 내겐 여전히 맞으니까……. 넥타이도
요즘은 넓은 것이 유행인가 본데 난 좁은 것이 좋거든요.
그러니까 아들애가 좁아서 자기는 안 매는 넥타이도 주죠.
그 밖에 파출부 아줌마가 일주일에 서너 번 오니까 거기서
돈이 좀 들고, 가끔 제자들과 나가서 좋은 것 먹을 때가 있
어요. 먹고사는 데에는 돈이 거의 안 들어요.

박완서 제 경우도 먹고사는 일에는 사실 얼마 안 들어요. 그래서
      안심이 되고 고마워요. 나중에 내가 돈을 조금밖에 못 벌게
      되더라도 먹고살 수 있다는 사실을 생각하면 걱정이 안 되
      고 즐거워요. 물론 돈이 생기면 아는 이들 선물도 사 주고
      여행도 다니고 하니까 때로는 목돈이 들어가지만, 실제 생
      활비는 조금만 있으면 돼요.

"인생에 귀하고 좋은 게
얼마나 차고 넘치는지
그런 사람들은 모르는 것 같아요"

피천득 많이 벌면 그것 때문에 노예가 될 것 같아요. 버릴 수도 없
      고, 어디 기부하자니 아깝고 그럴 것 아니겠어요? 그 돈을
      계산하고 관리하고 하는 데 드는 시간이나 정력이 얼마나
      크겠어요. 가만 보면 돈 모으는 이들은 돈 모으는 재미밖에
      모르는 것 같아요.

박완서 정말 그래요. 인생에 귀하고 좋은 게 얼마나 차고 넘치는지
      그런 사람들은 모르는 것 같아요.

피천득 그런데 저더러 소박하다 검소하다 하지만 전혀 안 그런 것
      도 있긴 해요. 사치스러운 면도 있어요. 서영이(피천득 선생

의 외동딸)를 만나러 미국에 갈 때는 비행기 1등석을 타고, 여행을 가게 되면 최고급 호텔에서 자는 적도 있거든요.

박완서   (웃음) 그건 저도 마찬가지예요. 잠자리 같은 건 깨끗하고 청결해야 잠을 잘 수 있어요. 선생님이 몇 년 전에 인촌상을 탔을 때 저도 그 심사위원 중 한 명이었던 걸 아시죠? 그런데 사실 저는 그때 엉뚱한 걱정이 들었어요. 선생님이 워낙 돈 쓰실 줄 모르는 분이라 '이 상금을 다 어떻게 하실까' 하고 공연히 걱정이 되더라구요. 그 상금 어디에 쓰셨어요?

피천득   쓴 데 없어요. 그저 갖고 있어요.

박완서   선생님께서는 요새 성당에 나가세요? 제가 선생님을 뵈니까 생각나는 일이 있어서 여쭙는 거예요.

피천득   1년에 몇 차례 나가요. 자주는 못 가지만 카톨릭이란 종교를 좋아해요. 특별히 어떤 종교의 테두리에 나를 가두고 있는 것은 아니지만 나의 심성은 카톨릭에 가까워요. 그래서 가끔 아내와 함께 성당에 나가곤 해요. 박 선생님은 몇 번이나 나가요?

아치울 집을 다 짓기 전인 1990년대 중반에

박완서　저는 한 달에 두 번 정도 나가고 있어요. 저도 카톨릭이 좋은데 고해성사는 참 싫어요. 아무리 하기 싫어도 1년에 두 차례 부활절과 성탄절에는 해야 하잖아요? 한번은 동화 쓰시는 정채봉 씨에게 말했어요. 나는 고해성사 때문에 언젠가 카톨릭에 대해 냉담해지고 말 것이라구요. 그게 왜 의무가 되어야 하는지 모르겠어요. 저지르지도 않은 죄를 억지로 만들어갖고 "죄를 지었습니다" 하고 말해야 하나요? 정채봉 씨에게 그런 말을 막 했더니, 웃으면서 피천득 선생님 이야기를 들려줬어요. 선생님께서는 성당에서 나눠준 성사표(부활절과 성탄절에 고해성사를 하고 나서 확인받는 표)를 그냥 통 속에 집어넣어버린다면서요? 한번은 그러시다가 신부님께 들키기까지 하셨다면서요?(웃음)

피천득　뭐, 들켰다기보다…… 난 말할 게 없으니까. 물론 따져보면 나도 죄가 있겠죠. 죄가 없다는 것이 아니라, 하느님이 다 아실 텐데 한 다리 걸쳐서 그럴 필요가 있어요? 하느님이 다 아실 것 아네요?

박완서　선생님께 신부님이 그러셨다면서요? 죄가 없다고 생각하는 그 생각도 죄가 된다구요. 정채봉 씨에게 이야기를 들으면서 저는 '아, 그것도 맞겠다' 했어요. 죄가 없다고 생각하는 교만도 죄가 되겠구나 했어요.

피천득   나는 한 번도 고해성사를 해본 적이 없어요. 고해성사하는
          방도 참 답답해요. 어휴, 그 좁고 답답한 방에 어떻게 들어
          가나 하는 생각부터 불쑥 들어요. 그리고 나는 솔직히 말해
          서 성체인지 하는 거 받아먹는 것도 이상해요. 맛도 없고
          배부르지도 않은 그걸 형식적으로 먹고 할 까닭이 뭐예요.

          피천득 선생의 나이답지 않은 너무나도 천진난만한 발언에 취재진을
          비롯해 좌중은 웃음바다가 되었다.

박완서   하느님도 마음속으로는 음식을 위아래 없이 풍족히 나누어
          먹고 즐기는 것을 더 좋아하실 것 같아요. 저는 교회들이
          좀 자그마하면 그것이 가능하지 않겠는가 싶어요. 교회들
          이 너무 커지다 보니까 모든 것이 형식적으로 흐르게 된 것
          같아요.

피천득   그래요. 형식이 아니라 그 내용이 항상 중요한 거예요. 그
          알맹이만 있으면 껍질은 자연히 생겨나는 거예요.

박완서   최근에 있었던 일 가운데 저에게 제일 즐거웠던 게 무엇인
          지 아세요? 바로 선생님의 미수연에 참석했던 일이었어요.
          맑은 기운이라고 할까, 숨통을 억누르는 이 세상의 혼탁한
          잡스러움과는 판이하게 다른, 단순하고도 초연한 무엇인가

느껴져 내내 즐거웠어요.

피천득　감기로 계속 고생하셨다는 이야기를 들었는데, 그런 자리에까지 와주셔서 미안하고 고마워요.

박완서　그 자리에서 선생님을 뵈면서 '사람이 저렇게 늙을 수도 있구나' 하고 생각했어요. 선생님의 늙음은 기려도 좋을 만한 늙음으로 여겨지니 신기해요. 저도 역시 같이 나이가 들어가면서 가장 참을 수 없는 게 추하게 늙어가는 정정한 노인들이에요. 나이가 들수록 확실해지는 아집, 독선, 물질과 허명虛名과 정력에 대한 지칠 줄 모르는 집착 같은 것을 보면 차라리 치매가 나을 것 같다는 생각이 들 정도로 늙음을 추잡하게 만들어요. 그런데 그런 것들로부터 훌쩍 벗어나 있는 선생님을 뵈면 연세와 상관없이 소년처럼 천진난만해 보여요. 그렇게 벗어나는 일이 어디 아무나 할 수 있는 일인가요. 늙음조차도 어떻게 늙느냐에 따라 뒤에 오는 사람에게 그렇게 되고 싶다는 꿈과 희망을 주는 것 같아요.

"저는 자신을 본질적으로
명랑한 사람이라고 여겨요.
늙어서도 그것을 잃어버리고 싶지 않아요"

피천득   늙어서 죽는다는 것은 누구에게나 결국은 와요. 주위를 둘러보면 죽음을 미리 준비한다고 수의도 맞추고 묏자리도 봐두고 그러질 않나, 단 일분일초라도 더 살겠다고 이런저런 좋다는 것은 다 찾아 먹으면서 갖은 안간힘을 쓰고 걱정을 하고 그러는데 도무지 알 수가 없어요. 어차피 오는 것, 그럴 까닭이 어디 있어요. 내 머릿속에는 늙음이나 죽음에 대한 걱정이 없어요.

박완서   어떻게 늙어야 하는가를 많이 생각해요. 저는 자신을 본질적으로 명랑한 사람이라고 여겨요. 그리고 늙어서도 그것을 잃어버리고 싶지 않아요. 늙었다고 괜히 권위를 내세우거나 무게를 잡고 엄숙해지고 뻣뻣해지는 사람들은 정말 보기 싫어요. 그래봤자 위선, 가식이고 불행만 자초할 뿐이죠.

피천득   그럼요. 차라리 그 시간에 소중한 일을 하나라도 더 하면서 밝고 즐겁게 사는 게 백번 낫지요.

박완서   미수연에 따님 서영 씨는 못 왔죠?

피천득   못 왔어요. 걔가 보스턴대학 물리학 교수로 있는데, 학회에 참석해야 되기 때문에 올 수가 없었어요.

박완서 선생님의 따님에 대한 사랑은 유별나잖아요. 그날 자리에서 서영 씨의 큰오빠 세영 씨, 작은오빠 수영 씨도 어린 시절의 편애를 아직껏 섭섭해하는 것 같더라구요. 그런데도 분위기가 참 묘했어요. 다른 집안 같으면 그렇게 애지중지 키웠는데 미수연에도 오지 않았다고, 딸자식 키워봤자 소용없다고 펄펄 화를 냈을 거예요. 하지만 그날 분위기는 서영 씨의 불참을 아쉬워하거나 그로 인해 상처를 받거나 한 사람이 아무도 없는 듯했어요. 상대방의 자유를 충분히 인정하고 그 어떤 것도 사랑으로 전부 감싸주는 그런 묘한 공기가 안에 흐르고 있었어요. 선생님은 정말 섭섭하지 않으셨어요?

피천득 뭐, 그리 섭섭하지 않았어요. 일이 있어 못 온 것을 섭섭해할 필요 없지요.

박완서 아드님들이 자라나면서 섭섭했다고 했을 때, 딱 한마디로 "미안하다"라고만 하셨죠? 실은 모두가 똑같이 사랑했는데 그렇게 되었다고 하시든가 좀 더 길게 말씀을 하시지 않고 그냥 "미안하다"가 뭐예요?

피천득 우리 집이 참 재미있어요. 아이들이 아직도 나를 아빠라고 불러요. 또 반말도 해요. "아빠 빨리 밥 먹어" 하는 식으로 말하는 거예요. 한번은 아들아이와 나란히 택시를 타고 가는데 바로 옆에 앉았으니 아빠를 부를 일이 없잖아요? 그래서 서로 반말로 한참 이야기를 하면서 가는데 택시 기사가 뒤돌아보면서 무슨 관계냐고 물어보는 거예요.

박완서　저도 미수연 자리에서 들었어요. 어릴 때 여동생만 귀여워해서 섭섭했다는 표현을 "아빠한테 막 구박받고 자랐다" 하고 말하더라구요. 사람들은 모두 웃고 그랬죠.

피천득　나더러 여성 예찬론자라고 하는 이들이 많아요. 나는 그런 말을 굳이 부인하고 싶지 않아요. 특히 내 일생에는 두 여성이 있어요. 엄마와 서영이지요. 서영이는 나의 엄마가 하느님께 부탁하여 내게 보내주신 귀한 선물이에요. 내 딸이자 뜻이 맞는 친구고, 또 내가 가장 존경하는 여성이기도 해요. 아마 내가 책과 같이 지낸 시간보다는 서영이와 같이 지낸 시간이 더 길었을 텐데, 이 시간은 내가 산 가장 참되고 아름답고 행복한 시간이에요.

박완서　따님을 마지막으로 만나신 게 언제예요?

"제 경우도
이미 없는 이에 대한 생각이
삶의 많은 부분을 차지해요"

피천득   작년 여름에 와서 1, 2주일 정도 있다 갔어요. 이 세상에서
         제일 견디기 어려운 게 이별이에요. 물론 박 선생님은 나보
         다 더한 이별을 경험하신 분이지만, 아무튼 사랑하는 사람
         과 이별하는 게 제일 안 좋아요. 그래서 서영이가 온다고
         하면 반가우면서도 곧 다시 떠날 것을 생각하면 겁나고 아
         프고 싫어요. 안 만나면 그리웁지만 이별하는 아픔은 없는
         데. 올 성탄절이면 또 만나고 이별하게 될 거예요.

박완서   어느 추모 시에서 "인간이란 존재는 부재 속에서도 존재한
         다"라는 구절을 읽었어요. 맞는 말인 것 같아요. 이 세상에,
         그리고 내 곁에 없는 사람들을 우리는 평소에 많이 생각하
         잖아요? 제 경우도 이미 없는 이에 대한 생각이 삶의 많은
         부분을 차지해요. 부재하지만 제 생각 속에서는 공존하고
         있는 것이죠.

피천득   인생이란 어느 나이고 다 살 만한 거예요. 나는 한 발은 이
         미 무덤에 들어가 있는 사람인데 내 인생에 대해 지금도 만
         족하고 있어요. 남아 있는 나날을 여태껏 살았듯이 죄짓지
         않고 좋은 사람 자주 만나면서 살면 그뿐이죠. 난 내일 죽
         는다 해도 오늘 웃을 수 있어요. 부재 속에서도 나의 글은
         다른 이들의 생각 속에 존재하게 되겠지요.

박완서　　선생님을 뵈면 모든 문제가 그렇게 쉬워지고 행복해질 수가 없어요. 저도 인생의 쓸데없는 허세나 욕심을 덜어버리는 작업을 더욱 열심히 해야 할 것 같아요. 버리면 버릴수록 사람은 더 넉넉해지는 법이니까요.

장편소설 · 소설집

『부끄러움을 가르칩니다』, 일지사, 1976

『나목』, 열화당, 1976

『휘청거리는 오후』, 창작과비평사, 1977

『창밖은 봄』, 열화당, 1977

『도시의 흉년』, 문학사상사, 1977-1979

『목마른 계절』, 수문서관, 1978

『배반의 여름』, 창작과비평사, 1978

『욕망의 응달』, 수문서관, 1979

『살아 있는 날의 시작』, 전예원, 1980

『도둑맞은 가난』, 민음사, 1981

『엄마의 말뚝』, 일월서각, 1982

『오만과 몽상』, 한국문학사, 1982

『그해 겨울은 따뜻했네』, 민음사, 1983

『서울 사람들』, 글수레, 1984

『그 가을의 사흘 동안』, 나남, 1985

『서 있는 여자』, 학원사, 1985

『꽃을 찾아서』, 창작사, 1986

『그대 아직도 꿈꾸고 있는가』, 삼진기획, 1989

『미망』, 문학사상사, 1990

작품 목록

『저문 날의 삽화』, 문학과지성사, 1991

『나의 아름다운 이웃』, 작가정신, 1991

『그 많던 싱아는 누가 다 먹었을까』, 웅진출판, 1992

『한 말씀만 하소서』, 솔, 1994

『그 산이 정말 거기 있었을까』, 웅진닷컴, 1995

『울음소리』, 솔, 1996

『너무도 쓸쓸한 당신』, 창작과비평사, 1998

『어떤 나들이』, 문학동네, 1999

『조그만 체험기』, 문학동네, 1999

『아저씨의 훈장』, 문학동네, 1999

『해산바가지』, 문학동네, 1999

『가는 비, 이슬비』, 문학동네, 1999

『아주 오래된 농담』, 실천문학사, 2000

『그 남자네 집』, 현대문학, 2004

『친절한 복희씨』, 문학과지성사, 2007

『세 가지 소원』, 마음산책, 2009

산문집

『꼴찌에게 보내는 갈채』, 평민사, 1977

『혼자 부르는 합창』, 진문출판사, 1977

『여자와 남자가 있는 풍경』, 한길사, 1978

『살아 있는 날의 소망』, 주우, 1982

『지금은 행복한 시간인가』, 자유문학사, 1985

『서 있는 여자의 갈등』, 나남, 1986

『나는 왜 작은 일에만 분개하는가』, 햇빛출판사, 1990

『한 길 사람 속』, 작가정신, 1995

『모독』, 학고재, 1997

『어른 노릇 사람 노릇』, 작가정신, 1998

『님이여, 그 숲을 떠나지 마오』, 여백, 1999

『아름다운 것은 무엇을 남길까』, 세계사, 2000

『두부』, 창작과비평사, 2002

『잃어버린 여행가방』, 실천문학사, 2005

『옳고도 아름다운 당신』, 열림원, 2006

『호미』, 열림원, 2007

『못 가본 길이 더 아름답다』, 현대문학, 2010

동화집

『달걀은 달걀로 갚으렴』, 샘터사, 1979

『산과 나무를 위한 사랑법』, 샘터사, 1992

『부숭이의 땅힘』, 한양출판, 1994

『속삭임』, 샘터사, 1997

『이게 뭔지 알아맞혀 볼래?』, 미세기, 1997

『자전거 도둑』, 다림, 1999

『부숭이는 힘이 세다』(『부숭이의 땅힘』을 개정), 계림북스쿨, 2001

『옛날의 사금파리』, 열림원, 2002

『보시니 참 좋았다』, 이가서, 2004

『이 세상에 태어나길 참 잘했다』, 어린이작가정신, 2009

『나 어릴 적에』, 처음주니어, 2009